나는 이미 한 생을 잘못 살았다

시작시인선 0188 나는 이미 한 생을 잘못 살았다

1판 1쇄 펴낸날 2015년 10월 16일
지은이 김사람
펴낸이 이재무
책임편집 박찬세
디자인 소은영
펴낸곳 (주)천년의시작
등록번호 제301-2012-033호
등록일자 2006년 1월 10일
주소 (04618) 서울시 중구 동호로27길 30, 413호(묵정동, 대학문화원)
전화 02-723-8668
팩스 02-723-8630
홈페이지 www.poempoem.com
이메일 poemsijak@hanmail.net

ⓒ김사람, 2015, printed in Seoul, Korea

ISBN 978-89-6021-243-5 04810
      978-89-6021-069-1 04810(세트)

값 9,000원

나는 이미 한 생을 잘못 살았다

김사람

천년의시작

시인의 말

만지면 살아날 것만 같아
여기에 묻는다.

차례

시인의 말

제1부

춤추는 꽃의 밀담

허공을 마주하고 얘기하면
나의 말들이
이빨 없는 입술을 만들곤 했다
형상 있는 존재들의 움직임은 왜 그리 여린지

허리 가는 여자
음악이 그녀를 만졌다

나는 죽어
현재를 농락하는 음악이 되었던 적이 있다

영혼의 실체는 음
악기는 영혼의 집
피가 고독한 사람은 영혼을 불러내곤 한다

지금 여기, 나는 살아서
밥을 먹고 구슬을 뱉고
커피를 마시고 꽃을 토하고

이웃집 신혼부부의 교성을 들으며

오래된 별자리를 찾는다

허리 가는 여자의 눈에서
음악이
글썽거렸다

당신 곁, 소복이 쌓이는 음악

벚꽃 피듯 약 기운이 번져온다. 회색 눈*으로 너를 바라볼 때면 내 더러운 영혼을 지나는 봄이 거룩해 보인다. 살아서 아픈 밤이 서쪽 하늘에 머물면 글자들 속에 나를 숨긴 채 너를 엿본다. 나를 욕하는 시간, 우리는 낮과 밤이 다른 봄을 앓으며 같은 노래를 들었다. 바람에 음악이 날리지 않도록 창을 닫는다. 볼륨을 높이는 습관은 치부를 숨기는 힘, 말하는 순간 사라질 너는 누구의 음성을 듣기 위해 몸 낮춰 귀 기울이고 있나. 술에 취해 웃으며 돌아서는 너의 눈에서 내 작은 등이 보였다. 햇살 속에 숨어 있는 찬바람이 낯설다. 너와 나의 시와 사랑은 조화가 아니기에 이별의 자리를 정해야 한다. 나 눈은 감겠으나 잠이 들는지 모를 계절, 약 기운 사라지듯 꽃잎 하나가 기억의 곁으로 떨어진다. 진부한 눈으로 너를 보내야 한다.

●회색 눈(grey-eyed) – 빈센트 밀레이의 시 「Tavern」에서 인용.

잔혹한 플롯

누나는 종이 피아노로 레퀴엠을 연습해요
엄마 나이 쉰일곱 내 나이 스물일곱
처녀가 잉태하여 신을 낳을 무렵
엄마는 잉태하여 죽음을 낳으려 해요
나는 무서운 동생을 갖고 싶진 않아요
손자를 낳아드릴 테니 몇 년만 기다리세요
아빠의 신혼 첫날밤을 엿본
나는 혼이 날까 꼭꼭 숨어요
형님은 마당에서 세발자전거 타며
나를 찾아 헤매고 있어요
못 찾겠다 꾀꼬리, 날 위해 울어주렴
할머니가 내 머리카락을 발견하곤 소리쳐요
힘을 다해 퉤, 남김없이 뱉으세요
간호사님 주사기를 빌려주세요
볼록한 엄마 배를 찔러
더러운 양수를 빼내야만 해요
정자 한 마리라도 남기는 날에는
은하수를 빨아먹은 별이
엄마를 죽일지 몰라요
내 고향인 얼음별이 서늘히 불타면

추워야 하는지 더워야 하는지 난감해요
아빠가 들깨를 빻으며 울고 있어요
태어난 그날에 나는 이미 죽었는걸요

그 여자의 초상

어머니요, 파마는 왜 했나요?
– 바람만 불면 펄럭이는 날개를 꽁꽁 묶어둔 거란다

검은 머리 뽑으면 안 된다
족집게 내밀며 빙그레 웃던 그녀
거울 앞에 앉아
밝은 갈색으로 염색했어요
지워져가는 내일
선명하게 그려봤지만
항암제에 중독된 머리카락
가장 먼저 생을 단념하고 말았어요

머리 빠진 모습
꿈에 나타나면 재수 없다며
눌러쓴 가발 벗는 일 없었죠
바람이라도 불면 살 것 같다던 그녀
화장 곱게 하고
혼자서 벚꽃놀이 가버렸어요

듬성한 잔디 사이를 파고드는 쑥
맨머리 숨기려 길게 자랐어요
흰머리 뽑듯
엉킨 뿌리 하나하나 뽑으면

시원하다며 들썩거려요
잔뿌리 가득 붙은 흙
툴툴 털어, 멀리 던지고
아물지 않은 잔디 꾹꾹 눌러요

무덤 옆에 앉아
쑥 빠진 자리에 돋아난 잔디 어루만져요
이 년 전 심은 벚꽃 묘목이
둥근 머리 파랗게 자란 머리칼 위로
꽃잎을 떨어뜨려요

다음에는 꼭
큰 거울 하나 놓아드려야겠어요

무지개 속 어딘가를 헤매는 그녀를 위한 발라드

그녀를 생각하며 기타를 치자
하얀 손가락에서 무지개가 자랐다
그녀는 할 말이 있다며 내 손을 잡았다
나는 무지개를 뺏길 것만 같아
손을 뿌리쳤고 번개가 쳤다

물기가 있는 손은 조심해야 해

까만 눈을 가진 새가 하얗게 세상을 보듯
그녀는 내 눈에서 한참 무언가를 찾았다
몰래 숨어 읽던 포르노 잡지나
짝사랑해온 사람의 이름이 적힌 일기장이 없었지만
그녀의 속눈썹이 길게 떨어졌다

어젯밤, 폐에 구름이 내려왔어
걷어내지 않으면 몸 전체가 안개가 될 거야

구름은 지하에 있고 안개는 하늘에 있기에
상식적으로 이해가 가질 않는다고
나는 떼를 썼다

고도를 착각한 구름은 이동하는 법을 잊어버려
가장 어두운 곳으로 마음이 향한대

가슴에 물기를 머금은 새는
둥근 돌을 토해내고 스스로 허공이 된다는데
당신은 늘 말라 있으니 무엇을 토해낼 거니

그녀의 가슴을 만지자
손끝에 매달린 무지개가 창백해졌다
겉과 속을 똑같이 만드는 위장술, 하지만
속 색깔을 모르니 보호색을 만들 수 없었다
그녀의 폐가 가슴 밖으로 반쯤 튀어나오고 있었다
나에겐 무지개라도 있으니, 다행이었다

난 밤마다 태양과 함께 실종되었고
아침이 되면 구름을 몰고 집으로 돌아와야 했다
아내는 말없이 이부자리를 깔았고
나는 이불 속에 웅크린 채 구름의 속살을 뜯어 먹었다
몸이 번데기 같은 무덤으로 변하자

아내가 무덤을 향해 차분히 총을 쏘아댔다
기타 소리가 들렸다
섞이지 못해 낯선 색깔들이 구멍 밖으로 삐져나왔다

우리에게 무지개의 바깥은 없었다

장 님, *M*씨는, 밤 을 무 서 워 한 다,

소 리 들 이, 멀 어 져, 가 는, 것 은, 밤 이, 오 는, 증 거 다... 가 만 히,
창 에, 붙 어, 숨 죽 이 며,,, 있 어 야, 할 만 한, 위 치 를, 탐 색 한
다,,, 앞 은, 늘, 보 이 지, 않 았 기 에,,, 우 아 한, 곡 선, 그 리 며, 날 아
본, 기 억 이, 없 다,,, 순 탄 한, 길, 옆 에, 두 고 도, 휘 청 이 는, 비
행,,, 어 디 든, 트 인, 길 일, 것 만, 같 은, 허 공 은,,, 난 간 과, 계
단 을, 수 시 로, 이 동 하 며, 앞 을, 가 로 막 았 다,,, 힘 이, 풀 려,,,

툭,

,,, 떨 어 질, 때 마 다,,, 날 개 가, 짧 아 져, 가 는, 것, 같 아,,, 몸
을, 뒤 집 으 며, 확 인 을, 한 다,,, 어 두 움 은, 나 방 의, 작 은, 몸
을,,, 드 라 이 아 이 스 처 럼, 기 화 시 키 는, 걸 까,,, 밤 이, 되 어,
사 람 들 이, 하 나, 둘, 떠 나,,, 누 군 가 의, 체 온 이, 그 리 울, 때
면,,, 백 열 등 에, 몸 을, 비 비 고,,, 창 에, 머 리 를, 박 고, 박 으
며,,, 한 참, 울 어 도, 본 다,,, 어 느, 순 간, 세 상 에 서, 흔 적, 없
이, 사 라 지 고, 말, 것 만, 같 아,,, 하 얀, 눈, 부 릅 뜬, 채, 몰 인 정 한,
밤 을, 지 켜 보 는, 것 이 다,,,

최면에 걸린 노루

흔들리는 바람을 응시하지 말았어야 했다
계절에 따라 그림자는 마음을 바꾸었지만
사람들은 우리를 노루라 불렀다

자신을 볼 수 있는 유일한 통로의 이름은 그림자
나와 너 그와 그녀 혹은 우리가 뛰어든 흉터

심심하던 두꺼비가 그림자의 목덜미를 물었다
목이 뜯겨져 나간 그림자가 나를 보고 있었다
나의 선택이 세계를 뒤엉키게 할지 모를 일이었다

이곳에서는 꽃잎만이 흑백인 게임을 다시 시작해야 해

한 여자가 다가와 내 머리카락 냄새를 맡았다
그녀는 정장 치마를 올리며
무덤을 낳아주고 싶다고 말했다
사랑이 이루어질 수 없다 하더라도

그림자가 노루 다리를 물고
강 아래로 내려가려 했다

노루를 위해 노래하는 사람들이
그림자의 입을 잘랐다
노루는 두 번 절을 하고 물속으로 걸어 들어갔다

이별이 너를 해방하리니

낭만이 철새처럼 떠나가는 하늘 위로
흑백 꽃들이 솟아올랐다
나는 뛰어다니며 꽃을 뜯어 먹고
별 모양의 흑백 알을 낳았다
기억의 질서가 깨지는 순간마다 비가 내렸다

아픔이 별을 낳고 별은 아픔을 낳고 아픔은 우리를 낳고
우리는 노루를 낳고 노루는 우리에 갇혀 나를 낳고

그녀가 내 이름을 부르면 깊은 잠에 빠져야 했다
명령이었기에 쓸쓸한 음성을 평생 기억하며

음악의 내부

퉁퉁 부푼 유방에서 실리콘이 흘러나왔다
축축하던 기도가 굳어갔다
그녀가 젖을 먹일수록
나는 형체를 갖기 시작했다

어디서나 보아오던 모습으로

외출을 할 때마다
열쇠와 지갑이 들어 있는 고급 정장
바지 주머니에서 썩은 물이 넘쳤고
비늘을 가진 새가 수면으로 떠올랐다
주머니를 뒤집고 싶었지만
내 손으로
버릴 수 있는 것들이 아니었다

나의 파란 눈 속
깃을 가진 물고기가 노래할 때
목에 구멍 뚫린 노파가 속삭였다

저 짐승들이 네 눈을 쪼고 말 거야

아픔도 없이
눈이 멀고 나서야 눈이 멀게 될 거야

가루약을 털어 넣고

그녀가 울자
장미 가시 하나가 떨어졌다

CD가 돌아갔다
음악은 규범적이었으므로
내부를 들여다볼 수 없었다

살

거울로 만든 관

그림자를 죽인 이유가 무엇이냐고 그가 물었을 때
나는 내 그림자를 만졌소.

도대체 무슨 그림자를 말하는 거요?

그림자는 존재자 아닌 존재라오. 실체가 없는 반역의 물
줄기. 역모를 꾀해 권력을 잡고 그 권력을 밟는 다른 존재가
나타나는 순환. 나는 그러니까 말하자면 시인의 그림자요.
내가 굳이 내가 아니더라도 그림자는 존재하오.

시의 세계에서 그만 나오란 말이오!
그가 내 머릿속으로 손을 넣고 있소.

시원하오. 가렵다오. 시원하오. 가렵다오.
반딧불처럼 시원하고 가렵다오.
그만 손을 펴야겠소.

그림자를 보고 누구인지 알 수 있겠소? 그림자의 외모

가 특이한 경우이거나, 서로의 생식기나 구멍을 만지작거려본 사이라면, 실루엣만으로 누구인지 알아맞힐 수 있을지 모르오. 하지만, 현재를 사는 파리 같은 사람들은 구별할 수 없다오.

바람이 부오. 내 그림자가 흔들리고 있소. 내게서 떨어져 나가오. 바람에 날려 저 멀리 날아가버리오. 나는 그저 멍하니 서 있을 수밖에 없소. 그림자들의 무덤은 어느 곳이오. 나는 그곳을 찾아 떠나야 하오.

한 그림자와 어깨를 부딪치오. 그림자가 나를 노려보오. 나는 그림자를 죽이오. 누구의 그림자였을까 생각했지만 기억이 나질 않소. 그림자는 줄거리가 없으오. 세상은 줄거리에 미쳤소. 유머, 감동은 재미일 뿐이오. 재미의 근원은 줄거리오. 나는 재미를 혐오한다고만 말해두겠소.

그림자는 신의 눈이오. 인간을 감시하고 경계하기 위해 붙여놓은 신의 아슴한 눈동자들이오. 신의 육체는 안개 같소. 눈동자는 그림자 없는 자체이오. 안개는 그림자를 닮았소. 나에게 죄가 있다면, 내가 죽인 존재는 생물이 아니라는 사실이오.

나는 그림자들의 무덤이오.

부치부치

팸을 본다 비빈다 맡는다 빤다 듣는다 눈을 감는다 나타
난다 뜬다 사라진다 떠올린다 나를 나타난다 잊는다 나를
사라진다 나는 침대에서 깜,빡,껌,뻑,끔뻑, 깬다 다시 깬다
계속 깬다 벗어날 수 없다 꿈이 나를 꾼다

팸이 나를 깬다

악마의 드레스 자락을 밟는다
파란 하늘이 찢어진다
팸의 피부에서 밤이 번진다
지구가 출렁, 마리아나 해구
은사시나무가 자란다
까막딱따구리가 구멍을 판다
원앙이 둥지를 침탈한다

버뮤다를 이을 펜촉이 물에 빠진다 나의 성기를 움켜쥐
고 아스팔트 수면에 서명을 한다 돌이 날아든다 팸을 뚫고
바람을 뚫고 피가 투명하게 흐른다

바다의 처음에서 암덩이가 부화한다 빛이 발한다 암세포

가 전이된다 사람의 탈을 쓴 사람들 암세포를 쐬기 위해 사람보다 먼저 많이 쐬기 위해 정상을 오른다

　　안나푸르나에서는
　　눈물이 눈과 함께 얼어붙는다

　　죽은 범고래 새끼가 운다 주파수가 온몸에 닿는다 한쪽 눈가에만 경련이 인다 까막딱따구리가 범고래 입에 알을 넣는다 알에서 통조림이 태어난다 까막딱따구리가 통을 쪼아 먹는다 일렉기타가 바다에 떠다닌다 까막딱따구리가 기타 줄 위에 난장이를 눈다 난장이가 범고래 새끼를 먹는다 난장이가 가라앉는다 금요일 동안 가라앉는다

　　바다의 바닥은 하늘
　　하의만 벗은 난장이가 난다
　　수직으로 난다
　　하늘의 끝은 땅

　　팸이 사라진다

통조림 안에서 사람은 죽었고 신이 태어났다 뚜껑을 딸 사람이 없다

인면어

돌계단은 밤이면 좋겠다

임신한 고양이로 맘껏
우울해져보기도 하는

연못 벤치에 기대어
표정 없는 표정으로 올 수 있다면

너의 낯처럼
방이 차가워졌다

너가 다녀간 꿈이
기억나지 않아

새를 쫓았다

(고양이)방울

그녀가 방울을 선물해줬다
내 심장에 달아주고는 방긋 웃었다

*(우리가 동갑이 되는 날이거나 죽고 싶은 날이 오면 만
날 수 있을 거야)*

눈을 깜박일 때마다 방울이 울렸고
질문을 던질 때마다 눈을 뚫고 뿔이 자랐다

손을 넣어 방울을 지붕 위로 던졌다

*(버림받는 것들의 자유를 아니? 날 버리고 불행해질 수
있다고 믿진 마)*

방울은 소리들의 시체
쓸쓸한 날이면 비슷한 방울을 사 창에 걸고 비를 기다
렸다

*(난 삼백육십오 일이 지나면 한 살이 줄고 넌 날마다 한
살씩 늙기로 하자)*

구름들이 스스로 뭉치기 위해 소리를 내기 시작했고
민감한 생각을 들을 줄 아는 귀들이 모여들었다

눈이 흔들렸다

방울 소리가 들리자 발기되었고
그녀의 부푼 배를 보자 슬퍼졌다

배에 얼굴을 묻은 채 즉흥적으로 노래를 만들었다
(죽지 말고 차라리 화석이 되어버려)
배 속에서 음과 가사를 조합하던 그녀는
(부푼 배를 움켜쥐고) 시계탑 위로 기어 올라갔다

(믿을 수 있는 것은 없어 네 나이부터 의심하거라)

죄보다 아름다운 것은 없었다
나는 죄 / 죄의 본질 / 사람 새끼
발아래로 눈먼 새들이 떨어졌다

(하늘 끝에는 무덤만이 득실거려)

하늘과 땅이 포개지고
(하늘이 땅에 내려온 건지, 땅이 하늘로 올라간 건지,
둘 중 어느 하나가 다른 하나를 잡아당겼는지, 기억나질
않았다)

나는
죽은 고양이 목에 걸린 방울 같은
(눈을 맞으며) 조루증을 앓았다

과대망상

입맛이 바뀔 무렵이면 사랑이 먼저 변했다.
그녀를 탓할 일이 아니다.

모르는 남자들과 외박을 했다.

우울증이 재발할 때마다
다이어트를 하고
야한 속옷을 사고
굽이 가늘고 긴 구두를 신었다.

그런 그녀가
합리적 사랑을 이야기하며
나와의 잠자리를 피했다.
나는, 나는, 그 이유에 대해
물어볼 자격이 없었다.

병원을 찾았다.

귀두확대술은 약물주입법을 추천해드립니다.
조루에도 효과를 볼 수 있지요.

의사가 새로운 시술법에 대해
지루병 환자마냥 떠들어댔다.

수술 날짜를 예약하고
그녀를 만족시킬 생각만으로 운전을 했다.
모든 신호를 위반했기에
가속도가 쏴~ 싸! 붙었다.

비야! 오늘밤 나의 꿈속으로 내려라.
나는 서정적으로 명령했다.

"여기까지 대한민국입니다"
라고 적힌 표지판이 보이지 않았다.

나는 나로부터 사정하듯 방치되어갔다.

그녀만의 포스트-잇

그녀가 흔들리는 몸에 포스트-잇을 붙였다 난 부적 붙은 나무처럼 굳었다 무슨 글을 적었지만 내 시력은 마이너스 숨쉬기는 편해졌다

여백이 너무 없군 / 많군
당신 몸에는 아우라가 없어 / 있어
흘림체의 말로 가득한 당신이 싫어 / 좋아

가격표가 아니라 다행이었다 무엇이 쓰였던 나와는 무관했다 어차피 세상이 달라지진 않으니 그녀가 돌아오기 전까지 러닝머신을 하며 찌든 그리움을 빼냈다

허벅지가 싱싱해야 머리칼이 빨리 자라
혈액순환엔 변태적인 시가 필요하고
폐활량을 쥐어짜며 달릴수록 내 사랑은 야해지지

난 나에게 차가운 물을 뿌렸고 서럽게 자라야만 했다 외투를 벗고 바지를 내렸다 무화과 잎 같은 구름 속에서 투명한 피 흘리는 자결한 살점, 하늘에서 내려온 백지수표 같은 그녀가 돌아왔다 눈이 감기는 순간 내 눈꺼풀 위에 파란 눈

동자를 그렸다

열매가 없으니 기억해야 할 게 많아
이제부턴 눈을 감을 수 없어
프라이버시는 보면 안 되는 거 알지?
정체가 누설되면 널 포도알처럼 떼어버릴 테야

생각과는 다른 글자들이었지만 내가 본 건 상상이 아니
었다 언어가 나를 농락했다 어젯밤 모아둔 정액 발라 옷을
입었다 글자들이 흠칫, 난교하다 굳어버렸다 몸 곳곳이 가
려웠다 마구 긁었다 덩어리진 글자들이 햇살처럼 쏟아졌다
그녀가 한주먹 입에 넣고는 떫다며 뽀얀 살점 떼어 독이 든
침을 발라 야금야금 내게 키스했다

나는 그녀만의 지루한 행간이 되어갔다

연애편지

그녀는 안개 속에서 태어났다
성인의 몸으로
골반과 유방에 스민 안개를 쥐어짜며
꿈에서 깨듯이 걸어 나왔다

"네 몸에는 내 몸이 있어"

투시 쇼윈도 앞에서 나를 살폈다
핏줄, 점, 흉터, 털, 젖꼭지, 존슨 외
어디에 무엇이 있는지 알 수 없었다
그녀는 갑자기 얼굴을 거울처럼 바꾼 채
팔목에 무언가를 쓰기 시작했다

"편지를 완성해야 해, 시간이 미쳐가고 있어,
내 속에서 백지가 자꾸 나와,
네 몸의 글을 마저 적어야 해"

그녀는 잠을 자지 못했다
밥을 굶었고
사흘에 한 번 꼴로 자위를 했다

낙엽은 구겨진 원고처럼 쌓였고
안개가 담요처럼 두꺼워져갔다
나는 구름처럼 가볍게
치료를 권유했다

자연스레 난 말을 꾸며내기 시작했다

"내가 잠시 죽은 사이,
날 짝사랑했던 누군가가 쓴 저주일 뿐이야"

그녀는 밤새 글자들을 지워주겠다며
침을 묻히고 비누칠을 해가며
나를 닦았다
성기가 사라지도록

"   "라는 말을 남긴 후
그녀는 안개 속으로 들어가 버렸다

십 년 후
그녀를 하얀 대문이 있는 집에서 만났다

깡마른 몸에는
가늘고 작은 글자들이 빼곡히 쓰여 있었다
난생 처음 본 문자
나는 무슨 뜻이냐고 물었다

"영혼 속에 몸이 있는 존재를 본 적이 있니,
너만 보면 눈물이 나는 이유를,
안개는 영혼일까 몸일까"

나는 눈물 없이 웃기만 했다

여자

별을 보며 그녀는
멍울지는
하늘이 수줍어한다 말했다

백치 같은

별을 보며 그녀는
적막해서
울고 싶다 말했다

백치 같은

별을 보며 그녀는
갑자기
멘스가 하고 싶다 말했다

백야

그녀의 머릿결
손을 넣고 생각하는 사이
노을이 졌다

얼굴이 붉은 아이들은
집에 갈 줄 모른 채
어른이 되어갔다

원 샷! 데킬라 선 라이즈

내일은
식어가는 어느 별에서
새가 부화하겠지

얼음 낀 날개 뻗으며
사과 향 찾아가는 길
누구의 기억일까

머릿결에서 새가 울고

꿈이 어디에서 불어오는지
마음이 자주 부스럭거렸다

원 샷! 데킬라 선 셋

새들은 가볍지 않은 하늘에
깃털을 매달았다

승천은 습성이었다

그녀의 사생활

눈 오는 날에는
그녀의 몸으로
새들이 내려앉았다
그녀는 가지를 뻗어
새들을 앙상하게 품었다

고이 감기는
눈

그녀는 새들의 무덤

도망쳤다
몸의 윤곽을 지우며
깊어질수록
타는 냄새가 났다

죽은 새들이 하늘을 날고
나는 그녀의 사생활에 대해 생각했다

그녀는

밤이면 선명해지는 하늘이 되어
새들을 버렸다

교회 십자가가 떨어져
아이 정수리 위에
박혔다

파이프 오르간 소리
몸과 몸을 묶으며
흐르고

그녀는 미래에 대한 대화를 하며
아이 눈을 찔렀다

눈 오는 날에는
그녀의 몸으로
붉은 별들이 내려앉았다
그녀는 마른 잎을 뻗어
별들의 닳은 모서리를 만졌다

고이 감기는

눈

그녀는 별들의 무덤

하늘에서 풀이 자랐다

제2부

부메랑

이바는 아이스 와인을 마셨다
마른기침을 하며 블라인드를 내리자
시드니 항이 벽에 펼쳐졌다
야경 밖으로 싸늘한 치마가 출렁였다
아이폰에서 트위터를 켰다
팔로워 수가 급증했다, 리트윗!
이바가 검은 옷을 벗어던졌다
바닥에 닿기도 전 새가 되어 날아갔다
그 길을 따라 깊은 구멍이 생겼다
슬퍼하는 법도 익힐 수 있었을까
하얀 목덜미에 입을 맞추고
나는 공벌레처럼 몸을 말았다
누군가 힘껏 발길질했다
지구 궤도가 살짝 어긋나고
블랙홀 구멍이 점점 작아졌다
머리에서 삐삐 수신음이 들린다
우리는 열다섯 살이 된다
던져진 반지가 수평선을 감는다
눈동자 가득 하늘이 넘친다
어린 이바가 헛구역질을 하며

말보로 레드를 달라 한다

바다 위로 눈이 쌓인다

구겨진 88라이트를 꺼내 입에 물린다

이바의 입술 자국들이 허공에 찍힌다

피가 흥건한 부메랑이 날아온다

담배를 빨수록 이바는 재를 남기며 타들어간다

마당의 무화과 열매가 껍질을 터뜨린다

눈을 감았다

살 2

正常位를 모르는 남자를 아시오?
상상 체위는 유쾌하오.

이바가 나를 안으오.
그녀 앞에서 처음으로 팬티를 내렸을 때
바람이 불었소.

할머니는 방에서 나를 받았소. 딸 딸이오! 거북이 같은
눈으로 이목구비를 살피고, 손가락 발가락을 확인했소. 수
건으로 피를 닦아낸 후라야 구멍이 막혀 있다 말했소. 어
머니는 아담의 생식기를 처음 봤을 때의 하와처럼 눈을 껌
벅거렸소.

나는 질 없이 태어났소.

지금은 남자라오. 처음부터 남자였던 것 같소. 생식기가
엉덩이 바로 위에 달려 있소. 소변을 보더라도 대변기가 놓
인 곳에 들어가야 한다는 게 조금 귀찮을 뿐, 별다른 어려
움은 없소. 여자들의 그런 사소한 번거로움을 가졌을 뿐
이오.

목욕탕에는 가본 적이 없소. 부끄럽다기보다는 타인에 대한 배려라오. 그런 일로 부모님께 짜증을 내본 적이 없소. 어머니, 제 고추는 왜 아버지와 형이랑은 다른 곳에 달린 거오? 어머니는 다른 것은 불안한 거라고 말씀하셨소.

이바는 나를 예뻐했소. 꼬리를 쪼물딱거린 후 나를 엎드리게 했소. 둥근 머리띠를 던지며 놀았소. 머리띠가 정확하게 걸릴 때면 다가와 왕자 인형에게 하듯 입을 맞추고 팬티를 거꾸로 입혀주었소. 배에 닿는 바닥은 늘 차가웠소.

머리칼이 자라 엉덩이에 닿을 무렵
이바는 애완견처럼 한 남자를 따라갔소.

날 사랑한다며 다가온 여자들이 혼자서 사랑을 하고 혼자서 떠나갔소. 여자들의 에나멜 구두 소리는 나의 앞으로, 고독은 나의 꼬리에 붙는 것에 다름 아니오. 이별은 불안에 대한 나의 배려였소. 부디, 안녕들 사시오.

상상 없는 나는 불안하오. 교재도 동영상도 없소. 여자를 안고 싶소. 안을 수 없는 존재의 두려움을 아시오? 여자 앞에서 바지를 벗고 안기기를 바라며 기다리는 건 참을 수 없는 지경이오. 나를 뒤에서 안는 여자들은 순결하오. 순결은 더럽고 냄새가 나오. 그것들은 나를 자극케 하오. 나의 자세에 대해 충고를 부탁하오.

셀카 놀이

자동차 정지선을 넘으며 "김치!"를 외쳐요

전송된 신호위반 딱지 속 입술, 빨강 신호등 같은 김칫국
물이 흥건해요 엄마 젖을 빨면 묵은지 냄새가 났죠 잠든 척,
정신줄 놓을 만큼 자극적이었어요

철들지 않기 위해 시를 써요

돌사진을 찍을 때부터 눈치챘어요 내가 웃어야 엄마가 흐
뭇해한다는 사실을
철든 얼굴은 무거워 고개를 숙여야 해요

거울 속 나를 찍어요

나는 내 뜻대로 표정 짓지 못해요 긴 머리칼이 왼쪽 얼
굴을 가리면 나는 로맨스를 떠나보낸 예수가 되어가요 오
른쪽 눈이 왼쪽 눈의 생각을 알 수 없도록 끊임없이 모양을
바꾸고 있어요

눈이 바라보다 깜박거리는 지점, 새들이 계절의 씨앗을

떨어뜨려요 새들이 없다면 시간이 자라지 않을지 모르지만 나는 새가 돼야만 해요

그날 기분에 따른 얼굴 음영, 입술을 모았다 당기면 뇌의 주름 펴지는 지점을 당신은 알 수 없나요 영정 사진을 언제, 어디서, 어떤 표정으로, 찍게 될는지 고민하고 싶지 않아요 곁을 지나는 사람에게 나를 맡길지도 몰라요

셔터를 마구 누르진 않을 거예요

숨겨진 시간을 건너뛰는 재미를 느껴야 해요 플라타너스 잎이 낙엽 되고, 비가 눈이 되는 배경은 시간이 건네는 미끼, 머릿속 거미줄에 걸린 추억은 동심이라는 포악한 장난질에 쉽게 떨어지고 말 거예요

거울 밖 나를 찍어요

시간의 목덜미 물어뜯는 거미 입속으로 젊음이 빨려들어요 나는 무서워 "김치!"를 외쳐요 준비되지 못한 다양한 나를 삭제시킬 순 없잖아요

이미 내 속에는 시간이 하나, 둘, 자라난걸요

영원을 부르는 벨칸토 창법

하드커버가 들썩거려요 마스께라!
무거운 뜻을 가진 가지가 우거지고
하늘보다 커다란 잎이 자라
활보하는 새들과 구름의 길을
모두 가려버리고 있어요
잎이 울음의 고체형이란 걸 안다면 마스께라!
나무에 기대어 울 자격이 있어요
울음에도 기교가 필요하단 걸 아나요
꽃이 죽고 새가 죽고 바람이 죽고
소리만으로 구분할 수 있어요
내 귀는 늘 젖어 있지만 아무도 몰라요
뼈가 흔들려요 폐가처럼 텅 빈 생각에도 흔들려요
나는 오지 않을 미래에 대해 노래한 적이 있어요
미래는 딱딱하지 않았으므로 마스께라!
현재로 공명되지 않아요
내 마른 몸은 그림자로 채워져 있어요
호흡을 할 때마다 들락날락 나를 찌르는
딱딱한 그림자가 무서워요
자기를 증명하기 위해 날 이용하죠
나는 곧 버림받을 것을 예감해요

몸을 부비는 소리로 유혹하면 마스께라!
촛대에 검은 불이 붙어요
긴 시간을 흐르는 미성으로
당신이 오고, 떠나는 방식대로
내가 미쳐가고 있어요 마스께라!

나의 머리칼을 생각하며

혁명은 안 되고 나는 머리만 길러버렸다.* 무릎이 찢어진 청바지는 굴을 만들지 못했다. 발을 쑤셔 넣을 때마다 불감증에 걸린 질처럼 마른 사람들의 눈동자가 밟혔다. 벗어버린 허물을 다시 껴입듯 눈에 흙이 들어간 부모는 나의 길고 아름다운 머리를 보지 않으려 다시 무덤을 팠다. 나는 얼굴을 가면처럼 덮어쓴 채 꿈꾸는 척 잠꼬대를 했다. 아이들은 제 키보다 빨리 자라는 내 머리에 적응하느라 아침마다 차가운 물을 눈에 넣었다. 잘라라, 잘라라, 지저분하고, 추잡스러운, 머리를, 그만, 잘라라, 는 말이 자라라 자랄라 자라잘로 들렸다. 혁명은 안 되고 나는 머리만 길러버렸다. 아내는 프랑스 레즈비언과 하는 것 같다며 이국적인 혀를 귓속으로 밀어 넣었다. 그럴 때마다 머리칼이 어두운 목구멍으로 덩굴손을 뻗어 내 죄의식을 움켜쥐었다. 번들거리는 몸의 리듬, 검은 심장은 성냥불처럼 식어버릴 것이다. 혁명은 안 되고 나는 머리만 길러버렸지만 밤마다 바람이 뱀의 형상으로 하늘을 나는 소리를 들었다.

---

*김수영의 「그 방을 생각하며」 "혁명은 안 되고 나는 방만 바꾸어버렸다" 변용.

마에스트로 볼셰비키 모짤토벤

    그는 지휘를 하기 시작했다 음표들이 오선지에서 미끄러졌다 바람이 하울링처럼 육체 없는 음정을 앓았다 불협화음에 놀란 사람들의 귀가 하나둘씩 먹어가자 검은 눈이 사람들을 쫓아다녔다

    계단마다 그가 서 있었다

    찬양하라 찬양하라 저주하라

    계단은 키가 다른 그를 품고 무표정으로 버텼다 그의 성은 라, 각자의 이름은 계명을 따랐다 조성을 이탈할 때 그의 입에 침이 고였다

    사랑하라 사랑하라 죽이라

    그는 머리칼을 쥐어뜯었다

    뿌리까지 말린 파마머리가 그의 뇌까지 헝클어놓았다 아니다 헝클어진 뇌가 그의 머리를 깊게 말았다 세상은 예상보다 질서 정연한 것들이 자리 틀고 있기에 빈틈 많은 사람

들의 머리칼은 탄력을 잃어 구불구불해져갔다

계절의 끝 무렵이 되면 그는 피리를 불었다 나뭇가지를 뚫고 극락조의 눈썹이 삐져나왔다 그는 온전하게 또 한 계절을 인내할 수 있을 거라 생각했다

빈틈 많은 사람들이 기립박수를 쳤다

죽은 베를리오즈를 위한 즉석 환각 교향곡

1악장 — 사라진 악보

악보를 삼켜버린 지휘자가 쓰러진다. 라르고, 눈이 먼 수석 바이올리니스트가 옆구리에 난 구멍으로 송진 바른 활을 집어넣었다 뺀다. 얼굴이 구겨지는 소리, 관객들은 숨을 멈춘다. 늙은 나는 음표에 갇혀 수치를 느낄 뿐 꼬리들이 자라날수록 점점 빠르게 주위의 공간들이 어려진다.

태어남이 나는 두렵다.

내가 만난 여자들은 S, S는 이니셜이 아니다. 언제든 만들 수 있는 당신들의 눈물이거나 내가 싫어 죽어버린 그녀. 그들의 유골을 섞는다. 그녀는 암컷들의 새끼들을 임신해 영원을 낳고 영원은 알을 낳고 알은 고양이를 낳고 고양이는 ∞를 낳고 ∞는 꽃을 낳고 꽃은 생명체들의 눈동자를 낳고.

눈동자를 깨고 나비가 맑은 물속을 난다.

2악장 – 나의 탄생

호르몬 주사를 놓자 에그 바이브레이터에서 싹이 튼다. 불빛 소리를 내면서. 정체불명의 나들이 태어난다. 검은 몸에 귀만 있는 얼굴로 음정을 가진 색깔들을 향해 귀를 쫑긋거린다.

죽음이 나를 키우고 있어.

어쩌면, 나는 그저 나무의 모습으로 구멍이 촘촘한 날개를 펄럭이며 헬륨을 빨아들인다. 아니, 사실 나는 가벼운 기억들을 디디고 32비트 스케일을 오르내리는 팀파니에 맞춰 가증스러운 시간을 인내하는 나방의 모습으로 나들이 태어나는 중이다. 성냥불을 꺼, 꺼줘. 나들이 몸을 엮고 밟고 미끄러진다. 베를리오즈의 형상을 만들어 공중에 꽂힌 지휘봉을 뽑는다. 상상임신을 한 악장들은 푸가 형식의 죽음으로 시작되고 죽음 형식의 푸가로 끝이 난다.

공중을 깨고 나비가 검은 음악 속을 난다.

3악장 – 비오는 날의 왈츠

그녀는 검은 나비의 넋. 쓰러질 수 없어 기울어버린 상태를 지향하며 하나 둘 셋 둘 둘 셋. 그리운 육체들을 불러낸다. 고정 악상이 지워진 자리, 샤를은 즉흥 소설을 쓰고 나를 잉태한 우울함으로 얼음 난로를 껴안는다. 누구의 영혼 누구의 육체인가. 육체와 영혼이 69로 결합한다.

피사의 사탑에 올라 나비를 떨어뜨린다.

샤를이 나를 겨냥한다. 갈대의 교성스럽게 엑스터시에 취해 총이 샤를을 발사한다. 그녀가 나의 이마에 명중된다. 트럼 펫! 트럼 펫! 트럼 펫! 당당함으로 pet을 기른다. 밤마다 수간하는 꿈을 꾸며 아이-도저 아이-도저 하프 대신 갈비뼈를 긁는다. 리듬 없는 리듬이가 다리를 전다. 에그 바이브레이터는 환청에 의해 개란으로 오인되었다. 달세뇨 세뇨 다카포 코다 피네 아무튼 플래시 백.

바람을 깨고 나비가 어긋난 시간을 난다.

4악장 - 에로티즘

    비팅! 비팅이 느려 터졌어. 비팅은 교미의 철학이야! 시체들이 재를 먹으며 고독하게 불타고 죽음을 두려워하는 시체들은 짝을 찾아 헤맨다. 군함조가 하늘을 뒤엎은 파리 헌책방에서 음표로 적힌 한 장의 유서를 발견했다. 이것은 악보 없는 기억 없는 없는 악보 없는 기억에 의해 연주될 곡. 카스트라토들은 멸종되었으니 헛 곡 헛 곡 헛 곡.

    당신은 이분법일 때가 자극적이지.

    비밀을 만드는 자와 비밀을 찾는 자들 사이, 노출되지 않는 장소에 서서 당신들의 따분한 체위를 엿보는 나는 관전자. 커피를 홀짝이며 카스트라토들을 초대할까 고민 중. 신랑 신랑 행진에 맞춰 신부 신부 행진에 맞춰. 유서를 유서를 유서를 단말마를 단말마를 단말마를. 라일새가 중얼중얼 멸종된 소리들을 재생한다. 신랑은 신랑을 배신하고 신부는 신부를 죽이리니.

    나의 몸을 깨고 나비가 그녀 몸속을 난다.

5악장 – 프랙탈 도형

나는 유리 같은 유방에 기대어 머리칼을 헝클어뜨린다. 허공이 뒤틀리고. 조작된 기억을 위한 피날레, 나의 처음이 마지막처럼 아름다웠더라면. 태양은 환각제, 바다에 녹는다. 약 기운이 감도는 파도와 고기떼 —메사 디 보체로— 육지를 뛰어든다.

광기가 아가미를 봉합하고 아가미가 슬픔을 잠재우는 시간.

지옥과 천국이 닮아간다. 사탄, 랭보, 라멕, 사드가 시를 짓고 야훼, S, 가브리엘, 그녀의 등이 들러붙는다. 나의 귓속으로 태풍이 분다. 목 잘린 암탉이 웃는다. 마녀를 겁탈하는 자, 영원한 생명을 얻을지니 영생이 두려워 겁탈을 못 할 날에 죽음이 무한반복 될 것임이라. 나는 지금, 지긋지긋한 태양 위로 포스트–잇을 붙이고 지도를 그린다. 나의 몸 너의 몸 어디쯤, 뼈와 기억 사이 장기와 욕망 사이 우리가 모르는 곳에 비밀을 숨기고 #을 표시한다. 발가락이 굳어간다.

죄를 깨고 나비가 붉은 알들을 낳는다.

6악장 – 미완성

나는 이미 한 생을 잘못 살았다.

거룩한 것들

오늘, 나는 거룩해요 그들은 하루 두 번 나의 밖에서 부
활하세요

아침을 먹을 때마다 엄마가 다가와 편식을 한다며 잔소리
늘어놓아요 말을 걸고 싶지만 그래서는 안 돼요 내가 할 수
있는 일은 아기처럼 그림을 그리는 것 똑같은 원과 사선들
이 꽃이 되고 새가 되는 세상이 지독히 나를 닮아요

종일 시끄러워요 아직도 정력이 왕성한 아빠 우리가 잠
든 사이 우리가 출근한 사이 엄마를 가만두지 않아요 죽어
서도 아빠를 벗어나지 못하는 엄마는 이쁜이 수술을 받아
야 해요

내가 더럽다는 사실을 잊지 않기 위해 차에서 자위한 뒤
손에 밴 냄새를 맡아요 사람들이 많은 곳이면 주머니에 왼
손을 찔러 넣어요 악수를 하거나 술잔을 박고 연필 쥐는 법
을 모르는 왼손은 쓸모가 없어요 냄새를 견딜 준비가 되지
않은 순진한 사람들 나의 왼손을 의심하지 않아요

엄마, 오늘은 강간을 당할 것만 같은 예감이 들어요 콘
돔을 준비해야겠어요 당당하게 화대를 요구할게요 괜찮겠
어요? 불쌍한 아저씨, 우리 모텔에 가요 왼쪽 주머니에 찢
어진 콘돔이 있어요 애인도 없는 나는 오늘 하루 용도를 잊
을게요

　나는 왼손을 내 음부처럼 사랑해요 냄새 없는 당신은 무
척 순결하군요 드디어 몸을 섞었으니 내가 깨끗해진 건가요
네가 더러워진 건가요 우리 후라이드 치킨을 먹으러 가요 기
름기 흐르는 손을 줄줄 빨아주면 행복할 거 같아 먹어도 먹
어도 배가 부르지 않아요 내 안에서 닭들이 소리치지만 아
침이 올 생각은 하지 않아요

　벨을 눌러도 문을 열어주지 않는 아빠 집을 잘못 찾은 것
같지는 않은데 나를 위해 향을 피워주세요 제가 평소 좋아
하던 삼겹살에 콜라는 준비하셨나요 다 함께 식탁에 둘러
앉아 슬픈 드라마를 보면서 웃고 싶어요 웃음이 멈추지 않
아도 좋아요 오늘은 왼손에 흰 손수건이 쥐어져 있어요 웃
음도 얼룩지면 보기 흉하니 잘 닦아야 할 필요가 있어요

깊이 빤 담배 연기가 밖으로 나오질 않아요 나의 몸을 헤
매는 당신의 정자들처럼 모두가 길을 잃는 거룩한 밤이에요

햄버거 제사 기도와 머리카락

햄버거를 제사상에 올리고 기도합니다. 햄버거의 종류, 만드는 방법, 가격은 제게 의미가 없습니다. 그저 햄버거 먹을 생각이 기도입니다. 햄버거가 기도입니까? 제사와 기도라는 말이 제법 어울려 보입니다. 이 와중에도 머리카락은 자꾸 자랍니다. 바람이 불면 머리카락을 자릅니다. 잘린 머리카락은 바람에 날릴 때가 가장 매력적입니다. 간혹 가위가 뒷주머니에 꽂혀 있지 않으면 불안합니다. 제 눈이 가려져 머리카락을 밟고 넘어지면 그만이지만 향 연기처럼 흩어지는 머리카락은 민폐입니다. 햄버거를 많이 먹어서? 기도를 많이 해서? 머리카락이 자라는 원인에 대해서는 모두들 침묵을 유지합니다. 침묵 속에는 칼이 있는 걸까요. 침묵을 두려워하면서도 침묵을 지킬 때는 두려움보다 무서운 일이 벌어질지 모른다는 불안 때문일 겁니다. 외로운 사람들은 기도를 합니다. 기도를 하면 환상을 볼 수 있다고 합니다. 현실적인 환상이든 환상적인 현실이든 그리운 무언가와 함께 합니다. 저는 지금 햄버거를 제사상에 올리고 기도를 합니다. 장만옥이 입은 맥도날드 유니폼, 그녀의 동그랗고 까만 눈동자. 스무 살, 내 생의 첫 아르바이트, 나를 짝사랑했던 여자들의 허벅지. 경북여상, 대구교대, 에버그린, 冬雨, 天鹿, She's gone, 일신장, 제우스 노래방, 블루마운

틴, 영장 따위의 단어 조각들이 무작위로 변칙적으로 우연히 뒤엉킵니다. 바람이 먼 곳으로 지나갑니다. 머리카락 자를 시간을 놓쳐버렸습니다.

Miss 공간 Mr. 시간

행복도 더럽다는 것을 증명하기 위해 폭식을 했어요

걸어 다니는 것들은 불결했으므로 새들은 발의 족적을 믿지 않아요 발은 싸기 위해 존재하는 항문일 뿐, 발자국은 똥냄새를 풍겨요

춤추고 싶었을 뿐이에요

파란 별의 언어가 들려요 쉘 위 댄스? 마지막 무희라 번역해요 김밥천국에서 먹었던 마지막 저녁, 계란 프라이가 나왔더라면 하는 생각을 해요

나의 원본은 무엇인가요

누군가 자기 발을 접붙임해놓고 갔어요 발이 나를 지배한다고 느낀 순간부터 나는 어디론가 떠나는 게 싫었어요 발은 자라 머리통 대신 늙은 열매를 맺었어요 내 머리는 한 번도 태어난 적이 없었어요 솔직히 말하자면, 나는 나를 본 적이 없어요

불면이 시작되었어요

아기는 말을 시작하면서부터 내 손을 잡아당겼어요 나는 끌려다녔고 아기는 인도며 차도며 해맑게 웃으며 날아다녔어요 발자국을 남기지 않는 저 발을 보호하고 싶어 뜬눈으로 밤을 새웠어요

영혼을 죽이고 싶었어요

번개가 쳐요 또 누군가의 혼이 잽싸게 하늘로 도망가네요 천둥이 치기 전까지 나는 춤의 마무리 동작을 취해야 해요 맵시 있고 우아하게 한편으론
　　잔인하게

난간에 앉아 속삭였어요

바람이 끈적끈적했으므로 세상은 더디게 움직여요 남편은 서재에서 두꺼운 책만 읽고 애인은 다른 여자를 품고 있어요 울면서 자위를 하는 친구 얼굴이 흐려지고 있어요

가벼운 우리들의 몸이 나무가 되는 법을 터득하려면 또
몇 세기를 견뎌야 하는지

새에게 비밀을 말하다
― 음성기록파일

햇살의 무게 때문에 동성로를 걸었다. 보도블록을 기어 다니는 검은 뱀의 머리가 자꾸만 밟혔다. 나뭇가지에서 네온이 켜졌다. 『파레르곤』 간판 밑으로 우주가 흘렀다. 죽은 빛을 피해 문을 열었다. 묘령의 점성술사 타로는 검은 립스틱을 발랐고 고민 없이 카드를 뒤집었다. 당신은 무색이라 했다. 나는 지폐를 구겼다. 태양이 액자처럼 걸려 있었다. 머리가 근질거렸다. 불변하는 건 여자들의 설렘. 저 힘으로 날개가 돋았고 내 눈이 깊어졌다. 입술이 팽팽히 당겨졌다. 새가 날았다. 한길 가장자리 초록 융단 깔고 짐승의 이빨을 흥정하던 목이 길던 흑인은 수단으로 떠났다. 투명한 뷰티 살롱 창으로 속눈썹을 붙이는 여자와 눈이 마주쳤다. 타로, 나는 손을 들고 웃었다. 첫사랑은 서성로로 갔다. 비밀은 손에 닿을 거리만큼 아름답다 생각했다. 새떼가 그림자의 귀를 쪼았다. 동성로와 서성로가 교차하는 중앙공원이 있던 자리에는 벽이 허물어졌고 이름이 바뀐 정원이 들어섰다. 새 이름은 기억하지 않기로 했다. 햇살이 연못으로 문신처럼 스몄다. 관계를 알 수 없는 연인들이 키스를 하기 시작했다.

동성로 배틀

동성로에는 피가 흐르는 시내가 있습니다.
한 여자가 여러 여자고 여러 여자가 한 여자인
여자를 만납니다. 가는 곳마다 앞장서 걷는
여자(들)의 얼굴을 보려 재촉합니다. 추월하며
고개 돌리면 곧장 빛이 되고 마는 여자(들)
내 팔다리가 투명해지고 있는 걸까요. 나를 앞서
검정치마를 입은 한 무리의 여자(들)가 맨발로
생리를 팡팡 터뜨립니다. 냄새를 쫓아 따라가지만
뾰족한 시계 소리만 나를 기다리고 있습니다.
건물 안은 똑같은 음반들이 진열되어 있습니다. 그중
한 헤드셋을 쓰고 눈을 감습니다. 음악의 세계는
평화롭게 전쟁 중입니다. 엄마의 오른팔을
들고 엄마에게 달려가는 어린 계집이
노래를 부르고 있습니다. 여남은 발걸음만큼
떨어져 있는 두 여자의 얼굴은 사랑으로
모자이크처리 되어 있습니다. 나는 얼굴(들)을
통과합니다. 안을 닮은 밖입니다. 허벅지를 드러낸
여자(들)가 음악처럼 앞을 지나고 있습니다.
절을 두 번 합니다. 셔츠 주머니에서
동전이 떨어집니다. 물줄기가 오줌발 같은

비가 내립니다. 여자(들)는 가슴을 주물럭거리며
시내버스를 기다립니다. 자궁 같은 동성로에 갇힌
나는 날(들)을 생각하는 衆입니다.
피가 목구멍으로 꿀꺽꿀꺽 들어옵니다.

치마

빛은 어둠을 좇는 습성이 있다
어둠을 사랑하기 때문이다
빛으로부터 벗어나기 위해
어둠은 바람으로 위장하기도 한다

꽃병 든 소녀 치마 속으로 빛이 꺾인다

치마 촥! 펴지며 바람 한 줄기 튕겨 나온다

우주에는 매일 따뜻한 꽃이 핀대

우리도 매일 피어나야 해

알약을 꽃병에 떨어뜨린다

고통이 사라지면 죽지도 못해

마지막 걸친 옷까지 벗는 순간 먼지가 되는

찰나를 별이라 부르자

별이 되고픈 아이들이 바지를 벗는다

벌거벗겨지지 않는 아이들

바지 속에서 끊임없이 바지가 나온다

허물을 죽도록 벗어도 새가 되지 못하는

뱀은 죽어서 바람이 된대

세상에 나오지 말 걸 그랬어

별이 된 사람에게 신호를 보낼까

바람이 구불구불 소녀를 말아 감는다

우주에는 매일 따뜻한 비가 내린대

치마를 펼쳐 수신 상태를 확인하는

소녀가 치마를 돌린다

하늘이 핑,

바람이 긴 혀로 소녀의 눈을 핥는다
알약을 하늘에 떨어뜨린다
꽃병이 날아가고
구두에 빨간 불이 켜진다
치마 속에서 종일 차가운 비가 내린다

타카

별이 부슬부슬 떨어지던 밤, 사람들은 집을 나섰다. 구름사다리가 있는 공원 근처에서 사내의 팔에 별이 박혔다. 팔꿈치에서 찌든 알코올이 흘러내렸다. 삐딱이 서 있는 가로등이 그를 노랗게 물들였다. 사내의 왼손에는 타카가 들려 있었다.

엑스레이가 단칼에 살을 발라 뼈마디를 뽑아냈다.

나의 살점들은 어디로 갔나요?
두세 시간 숙성시킨 후 허름한 횟집으로 팔릴 겁니다.
나의 허락이나 대가도 없이?
대신 당신은 오늘, 별을 이식받았잖소.

별이 모두 떨어지면 어떻게 되나요?
하늘은 더 이상 하늘에 붙어 있지 못합니다.
그러면 하늘은 어디로 가나요?
추락합니다 지상으로, 그중 일부는
사람에게 스며들어 각자의 하늘을 간직하게 되죠. 하지만
하늘이 떨어질지도 모른다는 사실을 눈치챈 인간들이 하

늘을 더 아래로 떨어뜨리지 않기 위해서
　새로운 별을 제 몸에 사육합니다.

　필름에 불이 들어오자 그의 동공이 반짝였다.

　의사는 뼈 하나하나를 뒤적이다 붕대를 감고는
　두 주간의 입원을 권유했다.

　그 시간이면 모두 떨어지고 말 거야, 사내가 중얼거렸다.
사내의 왼손에는 타카가 들려 있었다.

　다음 날 아침, 사내는 구름사다리가 있는 공원에서 죽은
채 발견되었다. 목격자들은 사내가 구름사다리에 올라 하
늘을 향해 무언가를 마구 쏘아댔다고 말했다. 사내의 왼손
에는 타카가 들려 있었다. 부검결과, 관절마다 타카알이 X
모양으로 촘촘히 박혀 있었다.

물과 나비와 파란 눈을 가진 별

나는 너를 구성한 물이다
형상을 버렸다

체온 차를 이용해
너에게 갈 수 있을까

깨지고 남은 우리는 나비일 뿐

파란 별이 사는 너의 눈엔
해가 뜨지 않고

너를 넘본 불빛은
우주로 스미지 못해
진공의 시간으로 변했다

나를 기억하지 마라

별이 익사한 나비 시체라면
나는 어디로 가서 무엇이라 불리우고 있을까

회전식 타워 레스토랑

    스테이크 와인 주문하고 청혼을 준비해요 비문투성이 시를 읽고 죽은 엄마 목걸이에 루비 펜던트 달아요 차가운 목걸이 따뜻한 피가 돌기 시작해요 목덜미를 감으면 그녀가 창밖으로 뛰어내려요 한 시간이 지났어요 우린 제자리로 돌아와 청혼을 준비해요 어디서부터 잘못된 건가요 순서를 바꿔보도록 해요 목걸이 걸고 시를 읽어요 시가 너무 길어요 언제쯤 청혼이 완성될까요 그녀가 다시 뛰어내려요 한 시간이 지났어요 지독스러운 원점이에요 순서에는 문제가 없는데 배경들의 배경을 무시했나 봐요 타워에 불이 켜져요 타워에 걸린 구름이 노랗게 죽어가요 늙은 처녀로 보이는 웨이트리스 코르크 마개가 처녀막처럼 막혀 있는 아이스 와인을 가져와요 시간은 아직 숨이 붙어 있을까요 마개를 돌려요 태어나면서 불만을 표시하는 아기처럼 살아 있는 것들은 말이 많아요 타워가 돌고 구름에서 음악이 흘러요 바람이 멈추고 새가 멈춰요 나는 창에 붙은 달력을 찢어요 우리는 78층 접시 위에서 아슬히 돌고 침묵을 밀고 당겨요 그녀가 입덧을 하며 화장실로 가요 별자리가 빠르게 움직여요 중심은 흔들리는 법이 없으니 음악은 배경일 때 우아해요 배경이 튀고 시간이 튀어요 차가운 하늘에 심장을 달면 조화로울까요 빈 접시와 칼을 가져와요 시간을 오독한 나를 썰어 그녀

가 질근질근 씹어요 피아노 선율이 접시 위로 미끄러져요
그녀가 머리를 풀고 뛰어내려요 타워에 불이 꺼지고 우린 그
대로 멈춰요 시계가 울기 전에 시를 마저 읽어야 해요 그리
오래는 숨을 참을 수 없어요

하스피텔 마이너스 23시 59초

치마 속에는 비가 치렁치렁 내렸다
길 잃은 미아처럼 어둠이 되어가는 얼굴들
만지고 싶어 스스로 어둠이 된
이바는 행복하다 믿었다

어둠은 돌의 원료 네토라레가 아니다

시야 확보가 어려웠지만
능숙한 손놀림으로 덩어리들을 꺼냈다
피 묻은 쇳조각들
떨리는 손에 전해진 조각들 하나하나를
이바는 혀로 핥고 또 핥았다

어둠은 철의 원료 네토라레가 아니다

의사는 매뉴얼대로 조립하며 중얼거렸다
"무언가 빠져 있어"
"제대로군!"

어둠은 질서의 원료 네토라레가 아니다

완성된 조각의 입에 이바의 입을 강제로 맞추고
긴 어둠을 불어넣게 했다
쇳덩이들 속으로 핏줄들이 돋아나며
눈동자에 깜빡깜빡 불이 켜졌다

어둠은 생성의 원료 네토라레가 아니다

의사는 호루라기를 불었다
이바의 남편이 들어와 돈을 건넸다

어둠은 세계의 원료 네토라레가 아니다

알코올램프가 켜져 있는 비커 속 개구리

자고 일어나면 방이 점점 작아졌다. 아무도 그 진리를 몰랐다. 당시 내게 있어 진리란 그 누구도 모르는 비밀에 다름 아니었다. 그렇다면 나는 알고 있었는지에 대해 누군가 묻는다면 적어도 내 몸이 커지고 있는 것 같았다는 것에 대해서만은 말할 수 있었다. 하지만, 나는 그 사실을 모르는 것으로 했다. 왜냐하면 적어도 나는 시인이었기 때문이다. 그래서 외쳤다. 나의 길에 레드카펫을 깔라! 위풍당당 문을 열고 입장했다. 일곱 개의 방마다 아내들이 잠을 잤거나 다른 짓을 하고 있었다. 첫 번째 방, 옆으로 누운 아내의 허리를 뒤에서 안으니 내 손을 뿌리쳤다. 민망한 마음에 한참을 그대로 누웠다가 조용히 눈물을 흘리고는 방을 빠져나왔다. 두 번째 방, 아기를 재우는 아내. 세 번째 방, 가계부를 쓰는 아내. 네 번째 방, 밀린 직장 일을 하는 아내. 다섯 번째 방, 인터넷 쇼핑을 하는 아내. 여섯 번째 방, 윗몸일으키기를 하는 아내. 일곱 번째 방, 자위를 하는 아내. 모두 거부당했다. 아무리 삼류라도, 시인인데. 거실에서 나의 방 끝까지 레드카펫이 깔려 있었다. 나의 방으로 퇴장해 화병을 만졌다. 뜨거웠다. 화병의 분꽃은 제 죽음을 알고 있을까. 나는 몸을 최대한 움츠린 채 눈을 감았다 떴다. 방이 없어졌다. 나는 어디에 있는가!

멜랑콜리 야구왕

20시 30분 20초 대구백화점 시계탑. 어김없이, 모자를 눌러 쓴 채, 나타난다. "고교 야구 신인왕 탄생!"이라 적힌 누런 스포츠 신문을 펼친 채 중얼거리는 사내, 내게 주문을 건다. 사내의 시선을 가볍게 밟고 가는 사람들 틈, 바닥으로 사내는 공을 던지고 질주한다.

목탁을 두드리는 스님 머리. 눈이 쌓인다.

자기보다 빠르고 높은 것을 두려워하는 킬힐. 키 넘어 튀어 오른 공을 피해. 각 잡은 미니스커트로 돌격하는 공을 피해. 타인을 방패 삼아 뒤로 숨지만 살아 있는 공은 어디로 튈지 모른다.

동그란 구세군 종소리. 미끄러지는 사람들. 계속해서 몸을 튕겨보는 공.

통. 통. 통. 징검다리 놓지만 누구 하나 발을 내딛지 않는다. 담장 없는 구장에 선 나는 끊임없이 사인을 보내는 유일한 관중. 사람들의 야유 섞인 눈동자를 껌처럼 씹는 사내가 나를 향해 공을 던진다.

나는야 시마에 씌어 동성로 골목을 누빈다

공을 만지작   거린다
둥글게 둥글게   반죽되는 지구
울퉁불퉁 예측할   수 없는 나
튕긴 방향과 어긋난 각을 이루기   위해

나는야 바람에 씌어 동성로 골목을 누빈다

답안지를 훔쳐볼까   몸을 움츠리는
보이지 않는 스포츠 신문의 빼곡한 문자들
알 수 없는 행동을 하는   나
점   점   작아지는   눈동자

나는야 욕정에 씌어 동성로 골목을 누빈다

바닥으로 공을 던진다   탕
구름이 빨려든다 새가   빨려   든다
해가 빨려든다 바람이   빨   려든다

94

첫사랑 여자의 질 만 큼 얼   얼   히

나는야 향수에 씌어 동성로 골목을 누빈다

바닥에   해가   떨어진다
공이   튄다
길이   도망간다
사람들을 쫓는 발랄한   공

나는야 음악에 씌어 동성로 골목을 누빈다

사람들이   파트 별로   소리친다
타인의 그림자   를   부여잡고
도미노   처럼   쓰러진다

나는야 부모를 잃고 동성로 골목을 누빈다

유리 구슬 만큼   작아   진 공 안
작고   귀여운   세계
내가   보시 기에   좋다

내가   성기 처럼   빨 려든다
공이   눈 보 다   뚜렷 해진다
내 부 가 진 실   처 럼 사 라 진 다

뉴 욕

백색 차가 나를 이곳으로 데려왔다. 화환에서 향냄새가 났다. 구급대원들이 몸에 자석을 붙였다. 몸이 가려웠고 어디선가 구더기들이 움직이는 소리가 들렸다. 안전벨트를 매지 않았다는 것이 생각나 죄책감이 들었다. 자석이 계속 미끄러졌다.

오줌을 눠야 해요

뉴욕에서 왔다는 여자가 음악적으로 침을 흘렸고 나는 위액을 계속 토했다. 해를 삼킨 자는 바다에서 죽어야 한다는 소리가 들렸다. 링거 타고 노을이 몸을 적셨다. 비를 맞는 어머니가 보였다.

그라운드 제로

순백의 딸들이 내 음부를 보려 끝없이 순환을 했다. 나는 가렸고 딸들은 한발 늦게 달려왔다. 딸들은 노래를 불렀다. 노래를 마저 듣기 위해, 딸들이 돌아오는 순간을 위해, 나의 음부를 가리기 위해, 나는 죽을 수 없었다.

넓고 넓은 바닷가에 오막살이 집한 채
고기 잡는 아버지와 철모르는 딸 있네

숨을 들이마시세요

흑백 전광판에서 칼라로 웃는 사내의 일생이 편집적으로
끼워 맞춰지고 있었다. 사내는 고별사를 하고 있었다. 자기
가 만난 사람들은 모두 아름다웠다며 눈물을 닦았다. 눈물
냄새가 역겨워 사람들은 숨을 쉬지 않았다. 사내는 냄새의
출처를 알지 못했다. 나는 죽은 자의 연설을 들으며 물을 반
복해서 마셨다. 옆에 앉은 사람이 물에 불을 붙이려 했다.

숨을 멈추세요

젊은 여자 의사들이 춤을 추며 몸속 돌들에 관한 이야기
를 했다. 언젠가 돌 속에서 태어날 존재들이 세상을 구원할
것이라는 말이었던 거 같다. 나는 바다와 모래의 인연이 피
와 살의 관계와 같다는 생각을 했다. 옆구리에서 모래가 자
꾸 흘러내렸다. 시간은 혐오스러운 얼굴을 감추기 위해 머
리를 풀고 거리를 배회했다. 누구도 그 정체를 알지 못했다.

숨을 쉬세요

하객들이 길게 줄을 서서 사탕을 던졌다. 사탕은 허공
에 뜬 채 껍질이 벗겨져 나갔다. 탑승 시간이 다가오자 눈
을 감았다. 끊어진 몸을 꿈틀대는 낙지처럼 소리 없는 파도
소리가 지겹게 들렸다. 나는 서둘러 바지춤을 움켜쥐었다.

밴드 만들기

재미가 없어 밴드나 만들어볼까
인터넷 카페에 구인 광고를 냈습니다.

1976년 12월 6일

아직 밴드명이 없습니다. 모집 분야는 보컬, 드럼, 베이스, 신시사이저, 리드 기타입니다. 참고로, 보컬은 얼굴이 관념적이어야 합니다. 특정한 장르를 추구하지는 않습니다. 새롭고 실험적인 시도를 하되 대중이 좋아할 만한 거리들은 배제하고자 합니다. 연습은 일주일에 한 번 평일 저녁에 합니다. 음악에 올인할 생각은 아닌데 음악만 생각하는 사람을 원합니다. 남의 노래를 카피하진 않겠습니다. 자작곡만으로 공연은 하고 싶을 때만 합니다. 밴드가 잘나간다고 하더라도 서울로 올라갈 생각은 없습니다. 나이는 시인의 나이까지입니다. 음악에 관한 사연과 인간에 대한 연민을 갖춘 분을 환영합니다. 멤버 모두가 모일 때 밴드 이름을 정하겠습니다. 연락 기다립니다. 아참, 저는 세컨드 기타 왕초보입니다. 전화: 010-2807-0423

2008년 9월 1일

33년째 구인 중입니다. 한꺼번에 연락 오는 것이 아니라 난감합니다. 멤버들이 모이기를 기다리다 다른 밴드를 구했거나, 다른 것들로 관심을 바꿨을 수도 있겠죠. 언제쯤 밴드를 만들어 합주할 수 있을는지 모르겠습니다. 일단, 기억에 남는 오디션 얘기나 한번 들어 보시겠습니까?

1983년 3월 1일
오디션 1 – 보컬

좋아하는 성향은?
– 일반이 아닌 이반이에요. 언젠간, 프레디 머큐리와 함께 공연할 거예요. 사람들은 쉽게 동성애자라고 불러요.

음악적 성향도 이단인가요?
– 아니요, 평범한 게 좋아요. 스크리밍이나 그로울링 창법은 질색이에요. 엄마 아빠 부부싸움 소리 같거든요. 내

젖가슴처럼 모던한 음악을 하고 싶어요.

　모던한 가슴이란 어떤 건지 감이 잘 안 오는데요?
　－ 만져봐야 알 거예요. 손 좀 이리……

　죄송해요. 전 고전적인 일반인이라, 그저 음색을 듣고 싶
을 뿐이에요.
　－ 단둘이 포개져 노래하기엔 노래방이 최고예요. 돈은
준비됐겠죠?

1988년 9월 17일
오디션 2 － 드럼

　직업이 뭐예요?
　－ 비정규직인데, 그건 왜요?

　아뇨, 그냥 한번 물어봤어요. 연습할 시간은 괜찮으세
요?
　－ 주간 심야 근무가 뒤죽박죽이라, 둘째 넷째 일요일밖

에 안 돼요.

드럼을 꽤 잘 치는 것처럼 보이는데요?
– 뭘 보고 그런 말씀을 하시는지 모르겠지만, 대학 주
변에서 타이어만 4년 정도 쳤을 뿐이에요. 밴드 경험은 없
어요.

그런 건 중요치 않아요. 드럼을 치려는 이유는 뭐예요?
– 발 베이스 밟는 소리가 그곳을 압박해줘요. 커트 코베
인의 유서를 처음 읽었을 때처럼, 은은하게.

1995년 12월 27일
오디션 3 – 베이스

혈액형이 뭐예요?
– 전 X형이에요. 지독하게 질긴 피죠. 애인에게 차인 후
자살 시도를 세 번 했어요. 모든 꿈이 산산 조각났는데 손
목의 이 동맥은 끊어지질 않더라고요. 베이스 줄처럼 남아
있는 이 흉터 좀 보세요. 하루는 병원에 누워 멍하니 있는

데 어디선가 둥― 소리가 들렸어요. 가만히 보니 제 손목이
심하게 떨리고 있더라고요. 한번 튕겨 보실래요?

2002년 10월 1일
오디션 4 – 신시사이저

　　– 피아노를 전공했어요. 즉흥 연주를 좋아하고요. 악보
대로 치는 걸 싫어해요. 교과서니 정석이니 바이블이니 말
하는 사람들을 경멸해요. 인생은 불확실한 느낌이에요. 그
걸 잡으려다 늙어 죽고 싶지 않아요. 편하게, 나만의 음악
을 하고 싶어 중퇴를 하고 밴드를 찾고 있어요. 조건은, 다
른 밴드 세션도 하려고 해요. 얽매이는 자체를 견딜 수 없
거든요.

　　그렇다면, 사랑은 못하시겠네요?
　　– 16비트 리드미컬한 만남이 좋아요. 양다리는 기본,
다양함이 얽히고설켜야 낯선 코드가 만들어지는 거 아니
겠어요?

결혼은 하실 거예요?

  – 폴리아모리라면…… 신선한 아이들을 낳아야 가정과 국가와 세계가 조화를 이루죠.

2006년 11월 11일 아니면 2007년 5월 19일
오디션 5 – 리드 기타

  – 열 살 때부터 앞을 보지 못해요. 제 손가락을 보세요. 너무 빨라 보이지 않지요? 당신도 장님이에요. 하지만 걱정 말아요. 보이는 게 전부는 아니니. 모양이 없는 것은 소리로 존재해요. 이 손가락 끝에서는 음악이 흘러나와서, 내게 안마를 받는 손님들은 모두 간절히 바라던 꿈을 꾼대요. 불면 증이나 이룰 수 없었던 아픔이 있다면 제가 도와드릴게요.

  왜 하필이면 속주 기타를 추구하나요?

  – 랜디 로즈의 마지막 비행처럼 리듬을 쪼개고 쪼개고 광속의 멜로디에 이를 때쯤, 나 자신이 보일 것만 같더라고요.

그렇게 잘난 얼굴은 아닌 것 같은데 굳이 봐서 뭐하시려고요?

– 그건 그렇지만 사실 전, 고아거든요.

■ 보신 바와 같이, 밴드 만들기가 생각처럼 쉽지 않습니다. 악기처럼 자폐적인 사람들이 제 몸을 때리고 찢어 신음을 조율하고, 가식적인 모습이라고는 찾아볼 수가 없습니다. 저들은 현재 연락 두절 상태입니다. 게으르고 할 일 없는 사람, 죽지 못해 미치기 일보 직전의 사람들은 도대체 어디에 있는 건지. "잘하지는 못하지만 최선을 다하겠습니다" "누구보다 뜨거운 열정으로 노력하겠습니다"와 같은 상투적인 말이 미덕인 양 내뱉는 사람을 믿지 않습니다. 차라리, 최선을 다해 포기할 줄 아는 사람이 낫습니다. 그래서 결심을 했습니다. 생뚱맞을지 모르지만, ♌Σ♨☏우만들기로 바꿔보기로 합니다. 저 기호를 어떻게 해석하든 간에 남에게 피해를 주지 않는 것이면 뭐든 상관없습니다. 연락 오는 사람과 간단한 통화 후에 독특한 ♌Σ♨☏우이/가 나오는 분들과 ♌Σ♨☏우을/를 만들겠습니다. 너무 즉흥적이지 않냐고요? 아무튼, 우리 함께 재밌는 세상을 살아보지 않겠습니까? 전화: 010-2807-0423 이메일: suaefuck@

hanmail.net

　추신} 오늘은 *2076년 12월 6일.* 이 글을 작성한 뒤 아
직도 인터넷에 올리지 못하고 있습니다.

히키코모리

창밖은 야누스의 얼굴을 한 우주

스스로 죽음이면서 생명을 잉태했지
별들은 내 몸의 산소를 빨아먹고
분주히 자기를 빛냈어
나는 날마다 부활하는 주문을 외웠지

기회였어
캡슐 같은 골방에서 미래를 설계했지

10년간의 묵언 수행

최면에 걸린 신이 되어버렸어
사람 사이를 넘나들며 시간을 오갔어
영혼에 맞지 않는 스무 살 육체 입고
너에게 안착하고 싶었지만
내 순결은 시간의 문에 끼어버렸지

　아침 기도에 브래지어가 풀리고 점심 기도에 그녀에게 뻗
는 손들이 잘려나갔지 저녁 기도에 우린 가장 음탕해질 수

있었어 상상은 손보다 빨랐지 멈출 수 없었어 배가 점점 부풀어 올랐지 신은 사랑으로 종족을 남기고 싶어 했지만 후세에 남은 것은 섹스뿐이었어

난 소돔과 고모라를 기억하지
불쌍한 족속들
어여삐 여겨 기회를 줬지만
아름다움에 흥분한 그들은
나를 강간했어

심판의 결심은 번복되지 않아야 하지

제3부

로버트와 미스터 로버트의 생을 추억함

인간 프로젝트

로버트는 미스터 로버트를 조립한다
햇살이 너무 강해 완성하지 않는다
서로를 먹여줄 손이 없어 버리기로 결심한다

둘은 헤어진다
눈이 너무 부셔
둘은 길을 잃는다

쓰레기통을 뒤지는 미스터 로버트는 개의 귀를 물어뜯는다 굶주린 개는 귀찮아서 한쪽 귀를 놓아줘버리기로 한다 미스터 로버트는 귓구멍을 들여다본다

미스터 로버트의 소식을 들은 로버트는 제 머리를 뽑아들고 미스터 로버트를 찾아 나선다 미스터 로버트를 만나기 전 팔다리를 다 버려버린다 새들이 날아와 팔다리를 물어 새끼들의 조그만 목구멍 속으로 쑤셔 넣는다

미스터 로버트는 눈이 부셔 눈을 뜨지 않기로 한다

블러드 소울

혈관 타고 일몰이 흘러
나는 더러워
엄마 눈이 출렁이고
하얀 눈자위
붉은 해가 걸려

내 눈은 모노톤
샤워를 해
모래가 만지고 싶어
일몰 타고 혈관이 흘러

블랙박스

헤이, 미스터 로버트. 몽정한 아침, 출근길이 즐겁지?
미니스커트에 하이힐 신은 여자들을 지나며 또 죽은 것들
을 상상하는군. 맞아, 너가 미스터 로버트이기 이전, 즐기
던 코디지? 버스를 기다리는 여대생들은 너의 검은 정장을

의심하지 않아.

헤이, 미스터 로버트. 잠 깨기 직전에야 찾아온 꿈이 기억나나? 지난 사랑처럼 결말을 맺지 못했지. 첫 몽정한 열다섯 소년의 표정이 아직 생생하지. 넌 순결 속 본능을 거부하려 했지. 하지만, 여자의 스커트가 출렁이면 꽃에 꽃이 하나 더 피어나는 거야. 더는 부인하지 않아도 괜찮아. 완성하지 못한 이별이 아쉽나? 그래서 반복적으로 잠이 드는 거지. 얼굴 없는 여자의 유두를 문 채 늙어가는 것도 나쁜진 않아. 갈아입지 못한 밤이 젖은 팬티에 닿고 있군. 살이 붙지 않는 허벅지가 너무 시리겠지.

이제 곧 햇살이 너의 장기로 흘러들 시간이야. 머물 곳 없어질 너는 캡슐 같은 아침 밖으로 뛰쳐나오겠지?

안개가 노곤하게 풀어지는 출근길, 비둘기 한 마리가 사정하듯 튀어 오른다.

W

날아다니는 것들은 지상을 기어 다녔다

미스터 로버트는 뱀처럼 휘파람을 불었다 파리가 창에 달라붙어 돌아갈 길을 기억하고 있었다 사막에서 얼어 죽은 날개 없는 새를 생각하며 차창 밖으로 입김을 불어넣었다 하늘 냄새를 좋아했을지 모른다 다물지 않던 그녀의 입에서는 청량한 바람이 불었고 구름에 알 놓는 새의 노래가 들렸다 마지막 내뱉은 호흡 붙잡으려 차를 탔을까 그녀는 입을 벌린 채 죽었다 미스터 로버트는 바람의 근원지를 도려내 고운 흙을 채웠다 구름이 무덤으로 내려오자 새들이 한참을 앓았고 세상에는 바람이 불어오지 않았다

로버트는 기저귀 차고 또 어딜 갔는지

초음파 CT

어머니 배 속, 달이 차지 않았다, 안과 밖을 생각할 때마다 미스터 로버트는 늙었다, 어머니는 죽었고, 태로 이어진 시체를 빨며 어머니는 살아 있다 생각했다, 죽음의 시작은 자궁 문 밖으로 머리를 내미는 행위, 기억의 시작은 죽음

116

이후의 일들, 우리는 한 번도 태어난 적 없이, 그저 죽음을 살아가고 있었다, 어머니는 할머니 배 속에서 미스터 로버트를 낳고, 할머니는 증조할머니 배 속에서 어머니를 낳았다, 삶은 신의 잘린 머리가 아직 신의 몸에 달려 있다는 환상, 아픔이란 애초 존재하지 않았을지도, 모른다, 몰랐다.

살에 관하여

진흙을 발랐다. 벽걸이 TV 검게 마른 장미에서 신이 기어 나왔다. 현장검증을 하는 살인자의 하얀 마스크를 지나, 쁘아종 향수를 마시며, 땀구멍을 파고들었다. 미스터 로버트는 손바닥으로 제 살을 때렸다. 인조가죽 소파에 누워, 작고 징그러운 신의 소리에 몰두했다. 신의 수가 바이러스 분열처럼 불어났다. 글자로 보이기도 했지만, 난독증에 걸려버린 그에게는 아름다운 문장이 될 수 없었다.

표피층 언저리를 헤매다 죽은 신들.

그 자리마다 길고 검은 털이 자랐다. 그의 몸은 꽃을 피

117

우지 못하는 신들의 공동묘지였다. 묘지로 걸어가는 코끼리가 지뢰를 밟았다. 하이에나들이 몰려와 살을 뜯었다. 코끼리는 눈만 껌벅이며, 그를 보고 있었다. 달빛이 상아처럼 길게 코끼리의 폐부를 찔렀다.

미스터 로버트는 한참이나 팔에 난 털을 쓰다듬었다.

데스마스크

가설: 영혼의 봉인은 가능하다.

재료: 우럭, 지도, 문어, 핀셋, 뱀, 플래시, 개구리, 삼베, 도롱뇽, 가발, 카멜레온, 드라이기, 쉰밤이, 마스크, 콘돔, 열쇠, 망치, 솜, 먹물, 신문지, 꽃병, 주전자, 화선지, 드라이아이스, 가스레인지, 이면지, 분쇄기, 카메라, 석고, 숨 거두기 직전의 백색증 처녀, 로버트.

순서: 무작위 조합.

변인 통제: 사랑하는 대상의 유무, 습도, 시간, 온도, 심리 상태, 혈액형, 공간, 별자리.

가설 검증: 먹물을 바른다, 하루 동안 바르고, 여섯 날을 쉰다, (준비물을 활용한 자유 시간), 다시 하루 그리고 여섯 날, 사십 차례를 반복한다, 겉옷을 찢는다, 화선지로 몸을 친친 감는다, 사흘간 상온에 보관, 살며시 푼다, 비늘, 옆선, 아가미, 혈액 모양, 심장, 폐, 근출혈, 뼈 무늬가 찍힌다, 곱게 편다, 경찰서에 걸린 태극기 대신, 사흘간 탁본을 게양한다, 지나는 사람들마다, 묵념을 하거나, 경례를 한다, 화선지를 분쇄기로 갈아 석고와 잘 섞는다, 잘 삶은 삼베를 얼굴에 얹는다, 삼베 위로 석고를 골고루 붓는다, 눈이 감기지 않게 핀셋으로 집는다, 다시 육 일을 기다린다, (준비물을 활용한 자유 시간), 바늘로 발바닥을 찌른다, 바늘이 휜다, 석고를 망치로 깬다, 조각 하나까지 쓸어 담아, 끓는 물에 녹인다, 마흔 차례 반복한다, 온몸이 하얀 처녀가 긴 머리를 자른다, 석고를 벗겨낸다, 녹인다, 로버트의 얼굴에 붓는다.

실험 결과: 해리장애가 나타난다.

옵티컬화이바

　새벽에야 검은 눈이 내렸다. 사람들 모두 유채색의 소리 없는 꿈을 꿨다. 쇳가루 같은 기억들이 쌓여 짓무른 뼈 냄새가 났다. 사람들은 평소대로 밥을 먹었고 습관적으로 눈을 쓸었다. 양식이 바닥을 드러내면서 공터마다 무덤이 쌓였다. 남겨진 이들은 서로를 의심했지만 대화를 하지 않았다. 파도가 사납던 그날, 갈매기들이 울음을 멈추자 바다는 빠르게 얼어붙었다. 물고기들이 심호흡을 하며 바다의 중심으로 이동했고 사람들은 투망 가득 무거운 냄새를 어깨에 이고 바다로 향했다. 허름한 발자국을 더듬던 눈먼 갈매기들이 바다 속으로 몸을 던졌다.

쉐도우마스크

　속 빈 것들은 어둠을 초대해 뚜렷한 형상 가진 빛은 출입금지 얼굴 근육에 끼워 맞춘 시간이 미스터 로버트를 변질시켰어 경직된 얼굴 속으로 구겨 넣던 일상은 곱게 파서 보관하고 어둠이 잉태한 상상을 채워 영혼의 이동수단인 바

120

람이 드나들 틈은 여운으로 남겨둬 새 얼굴이 맞지 않아 답답하면 해마에 꼭꼭 숨겨둔 추억쯤 촛농처럼 떨궈버리면 돼 당당하게 입장하면 누구도 알아보질 못해 미스터 로버트가 달라지면 사람들은 가면을 써 표정을 감추면 눈동자를 의식할 필요가 없어 죽음과 춤추며 그림자를 섞어 그림자는 전후좌우 가리지 않는 넓은 품을 지녔어 새로운 생명이라도 태어난다면 함께 양육하며 더불어 사는 법 체득할 수 있어 미스터 로버트는 가면으로 다시 태어난 영혼이야

기억

동전이 사라진다

고장난 바지 지퍼에서 오래된 립스틱 향이 난다 동전과 립스틱의 관계에 골몰하다 세상에 몹쓸 존재는 자기뿐이라 결론 내린다 엉뚱한 상상은 서류에 첨부할 수 없고 머릿속에 적어놓은 구절은 결정적인 순간 꺼내지지 않는다

미스터 로버트는 기억을 혐오한다

주머니를 넣을 주머니가 없으니 지금부터 그를 주머니라 불러도 좋다 빳빳한 웃음을 주머니에 구겨 넣고 손을 털면 손금에 끼인 정자 하나가 난해한 춤을 춘다 의미를 물어볼 수 없다 밤이면 꿈에 나타나는 그들 또한 미스터 로버트의 이상한 언어에 대해 따져 묻지 않는다 곡선을 그리는 웃음이 오른쪽 귀로만 들어오면 직선이 되어 출구를 찾지 못한다 소리를 거부한 고흐의 귀는 곡선의 경직성을 이해하지 못해 요절했다 그는 정자만도 못하다며 비웃는다 바지에 매달리기 위해 태어난 건 아니니 숨겨줄 연인을 찾아야 한다 음모를 당긴다 이 정도론 사랑이 될 수 없다

당신의 과거를 훔쳐야겠다

긴 겨울잠을 자는 당신이 몸을 뒤척일 때마다 추억이 주머니 속으로 파고든다 짤랑! 화장실에서 주운 립스틱을 선물하다 주머니에서 이십 원이 짤랑, 첫사랑 그녀가 웃으며 받고는 몰래 버린다

미스터 로버트는 주머니에 숨겨놓은 수치의 목을 지그

시 누른다

흑벚꽃

머리 위에서 까마귀가 원을 그린다. 검은 기름 꿀꺽꿀꺽 삼키며 동심을 그린다. 빛이 날개에 부딪히자 공중은 검게 변해버리고 사람들은 깃털을 뱉어낸다. 밤이 추락하며 크고 작은 원을 덮는다. 안과 밖을 선택할 기회 없이 몸을 만들 뿐인 까마귀의 침은 무슨 원료일까. 까마귀가 검은 웃음을 하늘에 덕지덕지 묻히고 하늘이 썩어가는 냄새에 꽃을 피운다. 까마귀는 꽃을 사랑했을까, 썩는 냄새를 사랑했을까. 미스터 로버트가 백색 어깨에 까마귀를 새기고 있었다.

시간

목마타고어리얏도롱농장구애비노니는도랑발가벗고물장구를친다바람이물살을재촉한다거슬러헤엄치지만떠밀려가는몸토끼풀코스모스핀언덕빌딩이가시처럼돋아난다

물과흙에익숙한발아스팔트바닥어색해바로서지못한다첫
걸음마뗄때마냥떨어지는시선구름에걸고당겨보지만피뢰침
에찔린해서쪽으로기운다비뚤어진안장바로놓고다시한번고
삐를당긴다어리얏머리통을때리고옆구리를찬다이미몸은
목마가감당하지못할만큼훌쩍자라버렸다

MR. 정자은행

미스터 로버트는 옷 입은 채 사정을 했다, 젖은 팬티를 쓰
레기통에 버렸다, 여자들이 팬티를 주워 한약을 짜듯, 정액
을 케이스에 담았다, 주사기를 질 속으로 밀어 넣었다, 수억
의 여자들이 임신을 했다, 20년이 지났다, 미스터 로버트는
여전히 이십대의 몸을 입은 채 사정했다, 여자들은 눈 없는
아이, 귀, 심장, 폐, …… 팔, 뇌 없는 아이, 얼굴 두 개인 아
이들을 낳았다, 10년이 지났다, 미스터 로버트의 외동딸이
얼굴 두 개인 남자와 결혼을 했다, 눈 없는 남자, 귀, 심장,
폐, …… 팔, 뇌 없는 남자의 애인이 되었다, 그리고 몇 년이
지난 뒤 미스터 로버트를 낳았다.

작품번호 0

고양이가 개를 쫓는다. 개목을 문 쥐가 고양이를 쫓는다.
더는 늙지 않을 만큼 늙어버린 쥐가 고양이의 목젖을 빨며
속삭이는 밤. 미스터 로버트는 아기를 보고 아내의 젖을 보
다 죽은 자들의 시간에 대해 생각한다. 무료함을 핥는 고양
이 혀에서 장미가 핀다. 별이 녹는다. 그는 빈집이 내다버린
골목에서 오지 못할 사람을 기다리는 눈 뽑힌 석고상을 기
억하려 한다. 감상하지 않는 머리, 누구도 열어본 적 없는
생각 속에서, 죽음이 사람처럼 눈을 뜨고 있다.

튜너

브래지어 호크를 푸는
도시가 내뱉는
풀
풀
풀
풀

풀

풀

왜

얼어붙은 독은 푸를까

너의 입술이 파래지고

어울려 가장된

우리들의 피처럼

더럽게 더럽게

짙어져가는

무덤의 고독한 질서를

서둘러 찬양하는

순간 느슨해지는

미

스

터

로

버

트

나

사

혼 — 블러드

자란다 시간이 없다 종이 울린다 줄자를 들고 길이와 두께를 잰다 명부에 기재된 자들을 길이와 두께에 따라 줄을 세운 뒤 톱을 쥔다 자란다 시간이 없다 손에는 벌써부터 땀이 난다 어떤 순서대로 갈까 길고 두꺼운 것부터 작업하기로 한다 뿌리에 최대한 가깝게 톱을 켜면 사람들이 비명을 지르고 반항하기 시작한다 그들의 눈을 피한다 피가 터진다 15분이 지났다 자란다 시간이 없다 사람이 쓰러진다 미스터 로버트는 서둘러 상자에 던진다 사람들이 전화를 한다 자란다 시간이 없다 아이 학생 교사 부모 노인 국회의원 대통령이 들이닥칠 것이다 종이 울린다 시간이 없다 자란다

혼 — 브레인

뽑을 수가 없습니다
뿌리는 대뇌에 있습니다
어떤 성분이 자라게 하는 건지에 대해서는
명확하게 밝혀진 바가 없습니다

127

통째로 드러내지 않는 이상은---

그렇다면 대뇌를 제거해야 겠네요
의사를 수소문해봐야겠어요
부모의 동의도 필요 없어요
당연히 반대할 테니

혼 ― 하트

왜 저 놈은 색깔이 다르죠?
X-Ray 상으로는 심장에 뿌리내리고 있습니다

튜링 테스트 Lev.2

게임을 활용한 짝짓기
건전한 경쟁을 통해 흥미를 유발하라

승자에게는 사랑

패자에게는 관전

미스터 로버트는
사랑을 하고 싶었기에
반칙을 했다

오른쪽 시력 0.8 왼쪽 시력 0.3
사람들은 왼쪽 눈을 뽑아버리라 말했다
오른발잡이
사람들은 왼발을 꺾어버리라 말했다
왼쪽 귀가 잘 들리지 않는다
사람들은 왼쪽 귀를 잘라버리라 말했다

와이프가 집을 나갔다
사람들은 인연을 끊어버리라 말했다

그의 마음은
왼쪽으로 기울어져 있다
당연히 오른쪽을 잘라버리라
말할 줄 알았지만 사람들은,

중도를 지키라 말했다

그의 반쪽이 불안하다

선택

반지하 유리창
벌이 둥근 흔적을 남겼다

며칠 후, 두 배나 커져 있었다
집이 완성되면
버리고 떠나야 하는 걸까

비가 밤새도록 창을 때렸다

더는 커지질 않았다

틈틈이 두드렸지만

기척이 없었다

어디로 가버렸을까

창을 열고 칼로 긁었다
한 줌 흙으로 부서지는 흔적 속
검은 날개가 나왔다
눈이 부셨다

눈물

처음 여자와 자고
눈물이 나왔다
그 여자는 다리에 힘이 없다며
업어달라 그랬다
계단으로 눈물이 떨어졌다
소주를 마셨다
그 후로
여자와 자고 나면

눈물 흘리는 습관이 생겼다

귀환

미스터 로버트는 무덤을 빠져나왔다. 눈이 부셨다. 사라진 무덤 위로 무대가 솟아올랐다. 익숙한 음성의 합창소리가 들렸다. 망설이다, 잘린 벚나무 묘목을 손에 쥐고 땅을 짚었다. 아스팔트 바닥을 두드릴 때마다 구멍이 파였다. 내 얼굴에도 구멍이 생겼다. 구멍마다 벌레들이 기어올랐다. 나는 보폭을 넓혔다. 미스터 로버트는 멀리 앞서 걸었다. 울며 걸었다. 뒤돌아보지 않았다. 법을 어겼다. 길 잃은 사람을 도왔고 굶는 자들에게 제 손가락을 먹였으며 죽은 자를 살렸다. 세상은 혼돈에 빠졌다. 미스터 로버트는 병원에 갇혔다.

병원을 탈출했다. 아니, 100년 지나 병원이 사라졌다.

미스터 로버트는 아름다운 나의 딸을 만났다. 딸의 샤워하는 실루엣을 보고는, 아름다운 것은 부끄럽다 생각했다.

나는 치매에 걸려 미스터 로버트를 기억하지 못했다. 기저
귀를 갈아줬고 밥을 먹였다. 나는 부끄러움을 몰랐다. 잠이
들면 검은 정장을 차려입고 내 일기를 읽었다. 거울과 잠든
나를 번갈아 바라보던 미스터 로버트는 갑자기 도시로 나갔
다. 도시는 귀환을 반기지 않았다. 사람들은 미스터 로버트
를 닮은 로버트를 만들어냈다.

미스터 로버트는 자살이란 단어를 중얼거렸다.

재생성

미스터 로버트는 평생 돈을 모아 나비를 샀다. 메모리칩
의 용량이 컸다. 테스트 준비가 끝나자, 헝클어진 머리카락
에 붙였다. 더듬이 끝이 검게 깜빡거렸다. 유리 대롱이 머
리를 파고들어 소량의 입자를 빨아들였다. 잠시 어지럽고
메스꺼운 느낌이 들었다. 나비를 날렸다. 집 앞에 기울어진
전봇대에 앉았다. 나비는 입자를 전송했다. 전봇대가 일렁
이며 나무껍질이 살처럼 부풀어 올랐다. 벗겨진 케이블 구
리선에서 단풍잎이 돋았다.

미스터 로버트의 몸도 100년이 되었다. 흡족해하며 나비를 충전했다. 최적의 신체를 찾을 때까지 비행을 하려면 얼마의 시간이 걸릴지 알 수 없었다. 나비가 얼마를 버틸지에 대해서도 알 수가 없었다. 미스터 로버트는 사진을 찍고 사인을 했다. 충전이 완료된 나비를 머리카락에 붙였다. 얼음 캡슐에 들어가 몸을 웅크린 채 초고속 다운로딩 버튼을 눌렀다. 100년이 7초로 재생되었다. 감긴 눈에서 빛이 주룩— 흘러내렸다. 어두워졌다.

튜링 테스트 Lev.7—광검출기

저 음파를 기억해
미스터 로버트의 구성 물질이야
가장 아픈 음악이 되어 사라지고 말거야
유리관을 탈출한 빛이
뇌에 흡수되려면 철학에 민감해야 해
빛을 터뜨리는 음이 머리카락에 붙는다
소리가 보여 계명을 맞춰봐

육체와 정신 중 하나만 환생할 수 있다면
무엇을 선택할 거니
음파가 그를 기억하느냐가 먼저야
육체는 널 잊을 수 없고
정신은 자신을 잊을 수 없으니
미스터 로버트는 실어증에 걸렸어

제4부

디스토션

음악을 만진다

폐병 환자의 한 모금 담배처럼
당신 주위로 스미는
트럼펫의 마지막 호흡

자기를 조소하지 않고서는 감히
밤새워 저 꽃을 틔울 수 없다

아스팔트에 핀 들국화는
죽어버린 여자를 사랑했다고 믿기로 한다

음이 나뉘는 순간 닿을 수 없는
분열된 사랑에게 고독을 느껴온
일렉기타 그리고 나
전류로 이어진

들국화와 여자 사이
허공을 찌그러뜨리며 나비가 난다

별이 소리 없이 하늘을 박는 동안
나는 땅에 박히며
침묵을 완성할 때까지
음악을 눈동자에 담아둬야 한다

눈을 자주 깜빡일 것

눈물 한 방울에
음표 하나씩
내게서 떨어져 나가는
아픈 사랑은 하지 말 것

머리카락이 긴 짐승의 글씨체를 상상하며 연필을 쥔다

아름다운 것은 치명적일 것

어떤 일에도 덤덤해져야 한다
더듬이 하나 잃은 귀뚜라미
서쪽으로 기우는 하늘을 삼킨다

낮아지는 세계
올려다본 당신은 울고
처녀의 속살보다 여린
밤의 속살 때문에

오늘 밤은 내내 환청이 필요하다

살 4

지난 생애 우리가 나눈 대화를 기억하니
형식 실험은 끝났어
나는 단어를 가지고 놀며
내용을 조작하는 데 몰두했어
실험 대상은 내가 가장 사랑하는 것들
자기, 나 이제 살 거 같아
뭐? 쌀 거 같다고? 조금만 참아
사랑하다 미친 게 아니라
미친 후에야 너를 사랑했어
나는 나의 시가 두려워
당신은 언젠가 말했지
시는 붙잡는 게 아니라 놓아주는 거라고
포스트–잇에 시를 써
나비 날개에 붙였어
그 시를 해석하는 자는 죽을 거야
아침을 맞이하듯 눈을 감고

사랑#

1

버림받고 사흘을 굶었다
세상은 낯설어졌고
내가 누구인지 알 수 없었다
달빛에 기대어 잠이 들 무렵이었나
나는 그만 눈을 감으려는 작은 고양이를 보았고
집으로 데려와 너라 불렀다
몸을 씻기고 향수를 뿌렸다
나는 너의 미소와 걸음걸이에 익숙해지고
너의 말을 더듬더듬 따라하게 되었다
나는 차츰 인간의 언어를 잊고
인간의 걸음을 잊고
인간의 마음을 잊고
인간이란 것을 잊어갔다
나의 눈에 비치는 것은 오로지 너
나의 귀에 들리는 것은 오로지 너
나의 손에 잡히는 것은 오로지 너
나의 마음을 기댈 수 있는 것은 오로지 너
너뿐이었다
너의 배가 불러오고

너를 꼭 빼닮은 고양이가 태어나기를

1'

버림받고 사흘을 굶었다

모든 게 낯선 거리에서

늙은 수고양이들이 몸을 부비고

공허한 내 몸속에다 무언가를 넣은 채 흔들어댔었다

별빛에 기대어 잠이 들 무렵이었나

그가 다가와 내 볼을 만지며 넓은 가슴으로 안아주었다

그의 방은 따뜻하고 조용했다

그는 나를 너라고 불렀다

그 의미는 몰랐지만 그의 낮은 음성이 좋았다

언제부터인가 나는

그의 말을 알아듣기 시작했다

나는 그의 말투와 손짓 표정이 좋았다

나는 차츰 인간이 되어가고 있다고 생각했다

나의 눈에 비치는 것은 오로지 그

나의 귀에 들리는 것은 오로지 그

나의 손에 잡히는 것은 오로지 그
나의 마음을 만지는 것은 오로지 그
그뿐이었다
나의 배가 불러오고

그를 꼭 *빼닮은* 인간이 태어나기를

자화상

−키메라 바리안테

아내와 교미를 했다

나는 개처럼
나를 흔들었다

이왕이면 열 마리쯤
파충류가 수태되길 바라며

나를 옮기고 있었다
아내의 뱃속

아기가 굼틀거렸다

비로소 자유로웠으므로
아내에게 잡아먹혀도 좋았다
지상에서 할 일을 마친 것은
산 제물이 되어야 했다

살아 있는 척 살아왔지만
이제까지의 나는

내가 아니었다

숙주를 옮겨가며 사는 당신

애초부터 아버지에게는
영혼이 없었고
나에게도 없었다

아버지가 아내와 교미를 한 후부터
난 아버지의 아버지의 아버지의

아버지의 변종일 뿐이었다

BDSM

그녀는 교사다/ 로프로 내 목을 묶고는/ 옷을 하나하나 벗겨/ 4층 정원으로 끌고 간다/ 저녁 햇살이 베네치아의 창살처럼/ 집을 수놓고 있었다/ 나는 얼른 그녀의 엉덩이 냄새를 맡는다

로프를 풀어준 그녀가 명령했다/ 네가 세상의 주인이니/ 다시는/ 돌아오지 마라/ 나는 시스루 룩을 걸친다/ egg 바이브레이터를/ 항문에 꽂은 채/ 동네를 몇 바퀴 돈다

결국, 그녀의 집 앞이다

자신이 수치스러운 거니?/ 세상이 수치스러운 거니?

그녀가 Gag를 물린다/ 손바닥으로/ 엉덩이를 찰싹 때린다/ 오줌이 마려웠다/ 그녀는 나를/ 눕히고/ 골든 샤워를 한다/ 아랫배가 딱딱해져 온다/ 주인님/ 저를 버리지 마시고/ 제발, 스캇스캇스캇/ 기회를 주세요

그녀의 한 손에는/ 하이브리드 카메라가 들려 있다/ 나의 머리카락을 쓸어주며/ 네코미미를 씌운다/ 똥을 눠/ 그 자

148

리에 주저앉아라/ 힘을 줬지만/ 오줌만 질질/ 촛농처럼/ 허벅지를 타고 흘러내린다

　조선간장을 좀 넣어야겠군/ 너를 신선하게 변화시켜 줄 거야

　주사기를 꺼낸 그녀는/ 바늘을 뽑아/ 콧김을 불어 넣고/ 그녀의 옆구리 깊이 찔러 넣는다/ 피스톤을 천천히 당긴다/ 빨려드는 간장은/ 고요한 밤을 닮았다/ 나의 애널에 밀어 넣는다

　항문을 지나/ 대장 가득/ 깊고 깊이 고여 들었다/ 십여 분이 흐르고/ 퍼벅!/ 검붉은 밤이 쏟아진다

　넌 이제 새 사람으로 거듭 태어난 거야/ 스윗스윗스위-치

　그녀가 니뽄 스타일 교복으로 갈아입는다/ 하얀 손수건으로/ 흘러내리는 머리카락의/ 아랫부분을 묶는다/ 나는 수술용 가위로/ 매듭들을 자른다/ 힘없이 흘러내리려는 교

복/ 거추장스러운 속옷을/ 이빨로 물어뜯는다

　　그녀는 긴 바늘에 꽂힌/ 나비처럼 파닥인다/ 나의 손에
는 어느새/ 양가죽 채찍이 들려 있다/ 그녀를 힘껏 내리친
다/ 어깨에서 등까지/ 붉은 줄무늬들이 새겨진다

　　야생의 습성을 제거해야만 해

　　그녀를 눕힌다/ 수갑으로 팔 다리를/ 침대 네 기둥에 채
운다/ 젖무덤에 침을 뱉고/ 녹슨 정조대를 푼다

　　양 옆구리와 음모에/ 쉐이빙 젤을 바른다/ 메스로 털을
말끔히 깎는다/ 나는 구토를 한다/ 소화 덜 된 토사물을 보
며/ 그녀가 자위를 한다/ 생리혈이 흘러내린다/ 나는 그 피
를 손바닥에 묻혀/ 우리를 지켜보고 있던/ 간호사 인형의
옷에 바른다

　　*우리들의 눈이/ 별이 되어 사라져갔던/ 먼 밤의 일상이
었다*

홀

처녀막 같은 극장. 사람들이 영화 보듯 나를 본다. 치마 속으로 손이 들어온다. 스스로를 위반하기 위해, 수치심으로 세상을 견디는, 나는 금기다. 오늘 너가 되기로 한다. 너를 가지기 위해 나를 잊고, 너를 만지던 손을 잃고, 꽃에 빨려들어 나의 기억에서 지워진다. 눈을 뜨니 사람이다. 형, 색, 냄새, 소리들이 분리되고 얼굴이 뜻대로 움직이지 않는다. 암컷 하나가 나를 보며 웃지만 숨쉬기가 어색하다. 금이 간 유리창, 스카치테이프가 바람에 흔들린다. 나는 무엇이었을까. 사람들이 양장본 같은 얼굴로, 지루에 걸린 개구리처럼 깊게 울고 있다. 밤이 된 암컷이 나의 생식기를 빨다 말고 한통의 전화를 받는다. 팬티를 벗어 놓은 채, 제 아빠의 장례식장으로 간다. 바다가 마르고 너의 젖무덤이 말라가는 사이, 나는 처녀의 질 같은 꽃을 꺾어 신천에 던진다. 꽃이 별을 빨아들인다. 나는 꽃으로부터 밀려난다. 떨어진 별을 보리수 그늘에 묻고, 우주에는 어떤 선율이 흐르고 있는지 악보를 그려본다. 너는 운율에 맞춰 밤을 걸으며 나에게 너를 보낸다. 음악이 고이는 꽃에서 생리대 냄새가 난다.

이상한 책

세상은 물을 잃은 지 오래다

책을 읽으니 머리에 꽃이 자랐다
세상이 색을 읽어가고
꽃잎은 더없이 아름답고 묘하게
자신을 변화시키고 있었다

갈증이 나서 견딜 수 없었다
사람들은 길고 날카로운 대롱을 들고
누군가의 뒤를 쫓고 있었다

꽃에서 누군가의 얼굴이 보였다
어머니는 가위로 꽃을 잘라
제 음부에 숨겼다
색을 응축시킨 꽃은 언제 폭발할지 몰랐다
나는 어머니가 걱정되었다

갈증을 해소한 자는 책을 읽어야 했다
나는 책이 싫었다
살인이 무서웠고

책 속에는 산소가 없었다

나는 꽃을 피우기가 두려웠다
어머니는 이유 없이 책을 강요했다

해부학 강의

도롱뇽 배를 갈랐어
연필깎이 칼이 누런 물을 쏟아냈어
속살 드러난 도롱뇽의 수치심 따윈
관심 없었어

은행나무 껍질을 벗기며 흥분했어
긴 손톱이 초록 물을 쏟아냈어
허물을 벗어야 올바르게 자란다고
나는 인생에 대해 중언부언했어

삼촌을 닮아 촐랑댄다며 눈을 흘겼어
닮은 것도 죄라면
아빠의 죄를 들춰내고 싶었지만
나의 두개골은 점점 아빠를 닮아갔어

당신은 죄투성이
가위로 머리를 잘랐어
나는 두 명으로 재생되었어
머리 둘 달린 플라나리아의 눈이 서글퍼 보이기 시작했어

어른들에게서 배운 슬픔을 버리기로 했어
그때마다 내가 지은 표정은 처음부터 끝까지 음흉했어
내 위선이 당신을 용서할 수 있을까

교육적으로 아이들은 죽어갔다

　교육적으로 만났고 교육적으로 이별했다 교육적으로 잠을 잤고 교육적으로 똥오줌을 눴다 교육적으로 노래하고 교육적으로 그림을 그렸다 교육적으로 욕을 하고 교육적으로 친구를 감시했다 교육적으로 섹스를 했고 교육적으로 울었다 아버지는 교육적으로 죽었고 미스터 로버트는 교육적으로 아빠가 되었다 교육적으로 쓸쓸했고 교육적으로 소외되었다 밤이 교육적으로 오고 해가 교육적으로 떴다 바람이 교육적으로 불고 그는 교육적으로 늙어가고 교육적으로 사랑했다 교육적으로 키스하는 당신을 그는 교육적으로 바라봤다 누군가 그를 교육적으로 죽이려 했다 그럴수록 그는 교육적인 너무나 교육적인 기억으로 지난날을 그리워했다

석 상 화

고인다

당신의 혀같이 물컹거리는

시간이

발을 밀어낸다

하얀 종이 한 장 위

떨리는 글자들이 바람에 날린다

목을 늘어뜨린 사내

아스팔트 바닥에서 아기를 받는다

울지 않는다

아기를 때린다

울지 않는다

아스팔트는 가끔 죽은 인간을 낳는다

우리는 아무것도 할 수가 없었다

막창을 구우며 이념 없이도 마냥 즐거웠던 구십 년대에 대해 얘기했다. 그저 사랑 아닌 것들에 단호했을 뿐 덜 익은 고깃덩어리 같았던 이십 대의 냄새가 몸에 배고 있었다. 아무렇게나 썰린 청양고추와 실파를 막장에 버무리는 동안 목까지 살 오른 도둑고양이가 혀를 날름거리며 다가왔다. 담벼락 뛰어넘던 기억을 잃은 척추에서 삐걱거리는 여인숙 나무계단 소리가 났다. 옆 테이블에서 고기 한 점이 떨어져서야 꼰 다리를 풀었다.

X는 얼마 전 작곡을 했다며 가사를 써달라 부탁했다. 나는 지금 아프지 않았으므로 시 한 줄 쓸 수가 없었다. 막창만 뒤집으며 졸업 학기를 남겨두고 학교를 그만둔 A와 박사 과정을 밟느라 술자리에 빠지는 B에 대해 아내와 싸울 때마다 연락하는 C에 대해 화제를 돌렸다.

하늘에서는 뒤집지 않아도 달이 노릇하게 익어가고

소주 한잔에 몸만 취한 나는 허공에다 젓가락질을 해댔다. 생활고로 자식 입에 약을 털어 넣은 부부와 교육과 정치에 관한 얘기에 이르러서는 막창이 조용히 타고 있었다.

159

우리의 미래처럼. 머리 빡빡 깎은 사내가 파인애플 꽂은 칼을 불쑥 얼굴 앞으로 내밀었다.

　우리는 말이 없었고

　바람이 빈 잔을 채우고 비우고를 반복했다. 환기통으로 올라가지 못한 연기가 자꾸만 눈 속으로 빨려들었다.

현미경

비가 왔다 죽음처럼 스며드는 너를 피할 수 없었다

예상대로 별이 졌고

검은 잎이 정물화처럼 눈동자에 붙었다

목구멍에서 굵은 장미 줄기가 뻗어 나왔다

잎이 음탕하게 흔들렸다

잎 속 기공은 어린 창녀의 성기처럼

너에게로 향하는 시간

모자 쓴 사람들이 구겨진 지폐 같은 그림자를 꺼냈다

주의! 너에게 기대면 추락 위험

나는 꼿꼿이 서서 너를 개처럼 불렀다

부록

가

개를 기르지 못한다

하얀 페이지뿐인 마음을 도저히 읽을 수 없다

개의 무의식은 냄새로 구조화되어 있다

나

걸음으로는 좁혀지지 않는 너에게 닿기 위해

내가 기르고픈 것은 손, 좆, 눈인데

손톱 발톱 머리카락 기르느라 시간이 없다

다

육체는 똥통

잘라도 아픔을 모르는 손톱 발톱 머리카락을 기르느라

한 삶을 버리는 중

라

한때는 개를 기를 수 있다고 믿었다

나는 늘 개새끼였으니

마

엄마, 개를 기르고 싶어요

— 아빠의 허락 없인 그 무엇도 기를 수 없단다

바

머리카락이나 손톱 발톱만이라도 기를 수 있게 해주세요

— 내 눈에 흙이 들어오면 자연스레 자랄 것을 왜 그리 서
두르는 거니

사

당신 눈에서 쑥이 자라면 잘라 드릴 테니 장래의 일은 그
만 무시하세요

— 그런데, 왜 개를 기르고 싶어하는 거니

아

아무래도 죽음에 익숙해져야만 할 것 같아서요

— …….

달이 하늘을 삼킨 밤

그녀가 마른 집에 왔다 역학문제를 풀다
왁싱한 몸을 화장실 거울에 비췄다
초인종이 울렸다 나는 아기가 되었다
그녀는 검은 드레스를 입고
우주가 밤새 흔들려 별들이 부딪힌다 말하며
내 가슴으로 달려들었다 생의 비밀을 풀기 위해
버뮤다를 몸에 새긴 적이 있었다
그 이후부터 나는 주변을 빨아들일수록
질소처럼 작아지고 몸의 밀도가 높아졌다
지구가 바다로 들어가던 속력으로
그녀가 말을 건넸다 오래전부터 그녀는
용이 자기를 낳고 자기가 용을 낳는
꿈을 매일 꾼다고 했다
나는 턱걸이를 하다 외로워 외로워
그녀와 피를 나눠 마셨다 이 땅에서
가장 투명한 별 하나가 스스로 사라지는
광경을 지켜봐야 하는 운명을 받아들이기로 했다고
우리는 지금 잘 죽어가고 있는지
안부를 물었다 나는 힘껏 내 종아리를 쳤다

인화(2002×1976)

축축한 빨래처럼 태아가 걸려 있다

카메라를 보며 웃던 그녀를 닮았다

돌계단 가장자리, 삐삐 음이 울린다

첫눈이 그녀 집 마당에 떨어졌다

기타 줄을 만지며 그녀를 기다렸다

멀미가 났다

복종만 하고 싶어

너의 신음은 조율되지 않아

과거로 가는 음이 뒤틀리고 있어

손가락을 넣어봐, 물이 만져지니?

그녀에게 듣지 못한 채 사정했다

한 번 더, 처음 해보는 거야

처음을 함께 할 수 있는 건 이제 이 세상에 없어

사진 속 내가 너무 많이 울었나 보다

물이 뚝뚝 말라간다

우파루파를 찾아서

- 지구 상의 모든 양서류는 보름달 아래서 일제히 짝짓기를 한다

흐르는 물에 허파를 버렸다

물의 내면에는 폐포가 폭설처럼
끝없이 나누어지며 내리고

부화를 견디는 알처럼
흩어진 몸을 조각조각 맞추고 있었다

나의 호흡은 타오르는 불
그러므로 나는 불 속을 거니는 자
꼬리를 세우면 별이 떨어진다

너의 이름은 우파루파, 나의 영원

바람에 전해오는 희미한 숨결 쫓아
바이칼, 슈피리어, 네스, 티티카카 지나

이끼에 눈을 비비며 왔다

네가 있어 신비로운 호히밀코

167

너를 천국으로 데려간다면
너는 빛깔을 잃고
미소를 잃고
여느 양서류와 같아질 것이다

흔들리는 물결 너머
여섯 개의 분홍 눈물이 비친다

너에게 닿기 위해

물속으로 불길을 사그라뜨리며
물속으로 간다 웃으며 간다

호수가 숨을 쉰다

달빛이 내려오기 전에 너를 만나야 한다

종

꽃이 기어다니다니
뿌리는 분해할 수 없는 노릇이야

제각각 뇌를 소유하고
생식기를 유도탄처럼 내밀지

동종의 꽃이건 나무건
새 고양이 개 두더지 돌

맨 오얼 위민 게이 앤 레즈
인류를 멸종시킬 거야

체액 이성 욕망 영혼을
분자 단위로 흡수하지

꽃은 무엇이 되고 싶은 걸까

DNA를 분석해서
새로운 유전지도를 그리는 중일지 몰라

버려진 꽃에게 검지를 내민 적 있어
잔뿌리가 살살 지문을 따라 맴돌다
모공 속으로 들어오는데

기억을 타고 번지는 소리
우울한 쾌감에 빠지고 말았어

자칫 꽃이 될 것만 같더라고

구름이 기울던 날
— 난장이나라

세 번째 난장이를 낳아
이름이라 불렀다
익숙한 희망인냥
등대가 켜졌고
뱃고동이 울렸다

이름의 심장 뛰는 소리가
바다에서 반짝거렸다
이름은 공명이 좋은 몸을 가졌다

이름은 말을 하지 못했으므로

눈이 깊은 자들은
이름의 심장 소리로
마음을 훔쳐볼 수 있었다
이름의 투명함을 사랑했으므로
그들은 옷을 벗고
바다가 되었다

이름은 성장하여 오르골처럼

춤을 추는
사람들 곁에 머무르고 싶어
가슴만 부풀리고 있었다

눈이 얇은 자들은
그 소리를 들을 수 없어
계집의 심장은 죽은 것을 살린다는
무서운 말을 만들어냈다

이름은 심장을 들여다보며
동영상을 찍었다

세상 밖으로 나갈 수 없어
이름 모르는 별을 심고는

눈을 감았다

이름에 물이 고여들었고
이름은 섬이 되어갔다

섬은 스노우볼처럼 아름다운
새들의 영혼이 날아와
일몰 아래서 짝짓기를 했다

섬은 해마다 다른 이름을 낳았다

섬은 죽은 물속 식물처럼 자라
서로의 몸을 묶은
완전한 이름이 되었다

구름이 기울던 날
이름 부르는 소리가
육지까지 들렸다
사람들은 울 수 없었다

따뜻한 비가 오지 않았다

백워드마스킹

별이 잠드는 겨울무덤
깃이 내렸다
신 무화과 생각에 침이 고여

때는 아직 이르지 않았다

엄마, 첫사랑은 열여섯이었어
복종하고 싶은데 복종할 수 없었던,
날 보며 다른 남자의 이름을 불렀어

자장가가 필요합니다

나는 시인이 될 수 없어
그저 쓸모없는 시를 썼다

시를 버릴까
나를 버릴까

서른아홉
나비가 될 수 없다면

색 바랜 은수저로 밥을 먹다
뒤엉킨 기억이 목에 걸렸다

코스모스 뿌린 땅에서
머리카락이 돋아났다
먼 여행의 시작
시계와 지도를 교환하고 싶었다

모든 별들이 너의 눈빛으로 태어나고

아이들이 무덤을 밟았다
사진을 찍고 가버린
어두운 바람 속
웃음이 거머리처럼 붙어
소곤거리는
입술

카메라 셔터 소리
들렸다

욕을 하며
입 맞추던
사라지는 혀

사진촬영 금지입니다
누가 죽음을 찍으려 합니까
말을 뱉자
찍는 사람도
카메라도
보이질 않았다

줄이 길어졌다 문상행렬처럼
글이 멈추질 않았다
주제 없는
나처럼
버틸 뿐

순간들이 빼앗겼다
말라가고
늙어가고

오랜 친구들과의 술자리는
싸움으로 끝이 났다
나는 그 어디에도
증거가 없었다

엄마가 정말 죽은 겁니까

눈이 정처 없이 내렸다
시간이 되면 아무 일 없었다는 듯
부화할 저것들
이미 죽은 별이다

마흔이 넘은 누나는
엄마와 동거를 한다는데
영정 사진은 먼지가 가득했고
모서리가 축축이 젖어 있었다

누가 자장가를 불러주겠습니까

관 속에 성경을 놓았던

나는 당신을 부유하며
눈부신 먼지를 마셨다
갈수록 눈이 밝아져
내 눈을 바라볼 수 없었다

눈 없는 여자
목에 전화 줄이 감겨
끊을 수 없다며 울었다
난 이별 선물로
돌 사진과 반지를 줬다

새들은 속으로 울 때
하늘을 날 수 있었다

세발자전거에 앉아
아버지의 인상을 따라짓던
어린 나는
나보다 젊은 엄마를 보며
어두워졌다

밤을 깎다 손가락을 베인
당신은 밤처럼 별을 찾아왔고
잘려나간 벗나무는 가만히 그림자를 키웠다

시인이 될 수 없어
내 생의 마지막 시를
또다시 썼어

시를 버릴까
나를 버릴까

자명종이 울지 않았다

누군가 무덤 잔디를 떼어 가
사적인 정원을 만들었다
잃어버린 그늘
고요하게 패인
무덤에 커피를 뿌렸다

모든 별들이 너의 호흡으로 죽어가고

색 바랜 조화 카네이션
옷핀이 무덤을 거슬러
하늘을 찔렀다

죽은 피가 떨어져

새들은 속으로 울 때
하늘을 떠나고 있었고

나는 죽은 것들만 생각하다 죽어갔다

해설

삶은 계속되어야 한다, 악몽과 더불어

남승원(평론가)

김사람의 시집은 거대하고도 정교하게 짜여진 한 편의 악몽을 재현하고 있다. 이를 위해 그는 주체가 바라보는 대상의 이미지들을 절단하거나 훼손하기도 하고, 알아차리는 것이 불가능할 정도로 삶과 죽음의 순간들을 뒤섞어놓기도 한다. 그 위로 마치 시인의 본질에서 우러나온 것처럼 보이는 음악적 기능들과 요소들이 자유롭게 덧입혀지는 순간도 있다. 그럴 때면 우리는 이내 어떤 규칙성─이해 가능 여부와 상관없이 음악이라는 장르에서 비롯하는─에 몸을 맡기기도 하지만, 어느새 그의 시들은 다시 한번 격렬하게 몸을 뒤척여 순식간에 뒤죽박죽의 악몽으로 돌변한다. 아니, 정확히 말해서 되돌아간다.

이 악몽의 전체적인 구조나 또는 발원의 지점을 알아내는 일은 불가능하게만 보인다. 그가 보여주는 악몽은 침대 머리맡에 붙박힌 무기력한 가상이 아니라 우리의 삶과 동일한 패턴으로 얽혀 꿈틀대는 현실적 운동력을 가지고 있기 때문이다. 기본적으로 꿈이 현실로 돌아오는 순간에 종말을 맞이할 수밖에 없다면, 김사람의 악몽은 현실을 정확히 자각하는 그 지점에서 새롭게 엄습해온다. 게다가 불친절하게도 이 시집에는 안으로 들어갈 수 있는 입구도, 또 그것으로부터 벗어나기 위해 도약할 수 있는 어떤 발판도 존재하지 않는 것처럼 보인다. 섣부른 판단일지 모르겠지만, 시인조차 그것을 염두에 두고 있지 않아 보인다. 하지만 "죽은 것들만 생각하다 죽어갔다"(「백워드마스킹」)는 선언으로 자신의 시집을 마무리함으로써, 자신이 애써 준비한 의미들이 완성되어야 할 바로 그 자리에서 해체와 재반복을 다짐하고 있는 장면을 접하고 나면 섣부르게만 여겼던 판단에 어느 정도 확신을 얻게 된다.[1]

그의 작품은 이처럼 우리에게 아주 오래간만에 도착한 '진짜 악몽'이다. 그것을 확인하기 위해서라면 지금 손에 들

---

[1] 이 작품의 중심 '악몽'을 요약하는 것이 가능할지 모르겠지만 최대한 해보자면 '시인이 되고 싶어 계속 시를 쓰지만, 스스로 생각해도 쓸모가 없어 보이는 시를 쓰는 행위의 반복'이라고 할 수 있다. 시인에게라면 당연히 가장 끔찍할 이 악몽의 세계를 통해 시집 전체를 관통하는 자신의 생각을 보다 선명하게 보이도록 준비하고자 했다면, 마지막에 배치한 이 작품에서나마 스스로 재현하고 있는 이 꿈과 현실의 관련 여부를 보다 분명하게 강조하는 것이 나았을지도 모르겠다. 그렇다면 우리에게 그의 악몽은 그저 가사를 잘못 들은 것처럼 단순한 몬더그린Mondegreen현상에서 비롯된 것으로 축소되는 동시에 이해의 세계로 한걸음 나아갈 수 있었을지도 모르겠다. 그러나 시인은 자신의 작업 전부를 '백워드마스킹 backward masking'의 작업으로 분명하게 치환함으로써 출구 없는 그의 악몽에 대한 우리의 확신을 재확인해준다.

고 있는 시집의 아무 곳을 펼쳐도 충분한 결과를 얻을 수 있 겠지만, 「장 님. M씨는, 밤 을. *무 서 워 한 다.*」에서 그것 을 보다 선명하게 볼 수 있다.[2] 제목에서 알 수 있는 것처 럼 시인의 인식은 '밤을 무서워하는 장님'의 그것과 동일하 다. 즉, 그에게 '무서움'이란 아무것도 보이지 않는 데에서 비롯되고, 앞이 보이지 않는 '장님'이기 때문에 영원히 반복 될 수밖에 없는 것이다. 그런데 문제는 '장님'에게 무서움을 유발하는 "밤이 오는 증거"가 "소리들이 멀어져 가는 것"이 라는 점이다. 이것은 일차적으로는 '밤=공포'라는 시적 구 조를 지탱하고 있지만, 동시에 '밤≠음의 소거'라는 보편적 인 인식을 덧붙이게 만듦으로써 결과적으로는 '밤≠공포'라 는 공식을 완성한다. 결국 이 작품 안에서 드러나고 있는 공 포와 우리가 작품을 통해 인식하게 되는 공포 모두는 불확 실하고 우연적인 조건에 의해 생성되고 있지만, 맹목적으 로 신뢰할 수밖에 없는 조건을 만나면 그저 끝없이 이어지 는 운명적인 것으로 변화하고 심화된다.[3] 더구나 극도의 무

---

2 다시 한번 분명하게 말해두고 넘어가자면 우리가 확인할 것은 악몽의 모습 그 자체일 뿐, 원인이나 구조 등 악몽의 실체와는 관련이 없다. 뻔한 이야기를 덧붙이는 것 같지만, 실체를 확인하는 순간 악몽은 더 이상 악 몽일 수 없기 때문이다.
3 여기서 작품의 형태적 특징을 빼놓을 수 없다. 시인은 이 작품에서 글 자의 모양과 크기를 다양하게 조절하고(5종류 크기의 글씨를 자유롭게 선택, 사 용하고 있는데 다소 규칙적인 변형으로 느껴지기도 한다.), 또 비정상적으로 쉼표를 사용하는 등의 방법으로 문법적 규칙을 의도적으로 어긋나게 만들면서 불안과 공포를 조장하고 있다. 이 작품에서 쉽게 확인할 수 있는 것처럼

서움과 맞닥뜨린 현실에 대해 화자가 보여주는 행위가 그저 "눈을 부릅"뜨는 것이라는 마지막 진술에 이르면, '장님'이라는 화자의 현실을 감안했을 때, 마치 이야기의 끝에서 그 전부를 거짓말로 만드는 농담을 만난 것과 같은 기분이 든다.

그렇게 보자면 「밴드 만들기」 역시 같은 맥락으로 읽어보는 것이 가능하다.[4] 밴드를 만들기 위해 무려 "33년 째 구인 중"인 이야기는 전체 시집 중에서 비교적 쉽게 읽히는 편에 속한다. 각 모집 분야에 맞추어 연락이 오는 대로 사람들을 만나서 면접을 보는 대화들로 구성되어 있는데, 예상대로 그 "오디션 얘기"들은 좀처럼 같은 결론을 향하지 못하고 처음부터 끝까지 일관되게 어긋나 있다. 결국 밴드를 만들고자 한 목표는 (또 예상대로) 실패로 돌아가고[5] 화

───────────────

그것이 시각적인 특성만을 이르는 것은 아니지만, 손쉽게 확인할 수 있는 방법임에는 틀림없다. 물론, 활자의 조형적 가공이나 문법 기준의 거부라는 방식이 완전히 새로운 것은 아니다. 그럼에도 '왼쪽에서 오른쪽으로 쓰기, 같은 크기의 글씨로 쓰기, 문법 기준을 지키기' 등의 보편 타당한 원칙 내에서 소통되는 방식의 글쓰기가 그 현실과의 관련성을 뛰어 넘는 '악몽'을 보여줄 수 없다는 인식을 환기하는 것은 물론이다. 또 뻔한 이야기를 덧붙이자면, 보편적으로 받아들여질 때 악몽은 더 이상 악몽이 아닐 것이다.

4 일정한 의미 체계를 갖추는 것을 말하는 것이 아니라, 앞서 언급한 '출구 없는 악몽'의 지속적 체계를 말한다.

5 "구인 중"이라는 고백을 통해 알 수 있는 것처럼 보다 정확히 하자면 '실패를 하고 있는 중'일 뿐, 실패라고 확정할 수 있는 근거는 찾아 볼 수 없다.

자 스스로 그 목표를 바꾸어 새로운 결론이 "■"라는 기호로 분리된 단락을 통해 제시된다. 그 새로운 목표란 다름 아닌 "♎Σ⚒∫☎우 만들기"이다. 여기에 일정한 의미를 부여하는 것은 얼마든지 가능한 일이다. 게다가 기호들로 이루어진 이 새로운 목표는 심지어 주체의 자리와 대상의 자리를 구별하지도 않는 자율성을 가지고 있다.("♎Σ⚒∫☎우이/가 나오는 분들과 ♎Σ⚒∫☎우을/를 만들겠습니다.") 그렇다면, 기호들로 제시된 목표들이야말로 근대적 주체에 의해 설정된 모든 가치들을 부정하면서 새로운 지평을 향하고 있는 최근의 공동체 탐구, 이른바 '공동체의 부정신학'(아즈마 히로키)적 태도에서 비롯하는 의미들과 최대한 나란히 놓여 있다고 볼 수 있다.

하지만 김사람의 시가 불확실성에서 비롯되는 것들의 반복을 제외한 그 어느 것에도 목표를 두고 있지 않다는 점은 이미 확인한 바 있다. 이 작품에서도 마찬가지이다. 시인은 해석의 관점이 부여한 의미에 포박되지 않는 움직임을 분명하게 보여준다. 가령, 이 작품에는 작품세계의 바깥에 존재하는 '실제 시인'의—것으로 보이는—연락처가 적혀 있다.[6] 그것은 「밴드 만들기」가 실제 시인의 고백이자, 최소

---

6 작품에는 전화번호가 두 번, 이메일 주소가 한 번 적혀 있다. 해설을 위해 출판사에서 작품을 넘겨받으면서 우연히 알게 된 시인의 이메일 주소와 일치해서 놀랐다. 전화번호도 확인해보고 싶었지만, 직접 전화를 걸어 볼 용기는 내지 못했다. 만일 전화를 걸어서 '공동체의 부정신학' 운

한 실제 광고라는 항변의 목소리처럼 들린다. 따라서 앞서 확인한 것과 마찬가지로, 작품으로써의 '밴드 모집 공고'는 실제 시인-목소리의 틈입에 의해 그 어떤 의미라 할지라도 구성되지 못한 채 산산히 부서져버리고 만다. 이처럼 밑도 끝도 없지만, 반면에 또 아주 작은 우연성으로부터도 힘을 얻어 지속되는 악몽이 김사람 시인이 보여주고 있는 세계의 고유성이라고 할 수 있다.[7] 최소한의 정의를 내리는 측면에서 말하자면, 본 시집 『나는 이미 한 생을 잘못 살았다』는 시인이 스스로 꿈꾸면서 지속하고 있는 세계를 지켜나가기 위한 여정에서 그것을 가능하게 만들어주는 힘들과 우연히 만난 기록일 뿐이다.[8]

운했다면 시인의 육성으로 욕을 먹었을지도 모를 일이다.

7 네 개의 장으로 구성된 이 시집의 편제 역시 눈여겨보아야겠다. 언뜻 일별해보아도 시인의 꼼꼼한 의도 아래 배치되어 있다는 점을 알 수 있다. 하지만, 안타깝게도 여기에서 그것을 분명하게 지시할 만한 일관된 운동성을 나는 찾지 못했다. 그리고 그 순간 안도했다. '악몽을 지속시키는 힘들과의 우연한 만남과 그 기록'이라는 앞선 언급이 최소한 진실이라는 것을 스스로 확인하는 순간이었기 때문이다. 이제, 뻔한 이야기를 덧붙이는 것이 지겨울 수도 있겠지만, 일관성을 갖춘 것은 당연히 더 이상 악몽의 역할을 수행할 수 없을 것이다.

8 그럼에도 그 힘들의 계열체를 언급하는 것은 작품들을 수용하는 기능적 측면에서 가능한 일이라 할 수 있겠다. 시인은 대략 다음과 같은 힘들이 악몽을 지속시킬 수 있다고 보는 듯하다. 먼저, 어떤 방식으로든 잘라내고 이어붙여 대상과 주체를 견주어 보는 것(첫 번째 장), 다음으로는 그 방식을 통해 대상과 절합articulation된 주체가 이질적으로 변해버린 자신의 모습을 들여다보는 것(두 번째 장), 그렇게 완성(?)된 새로운 주체 스스로의 기능적 테스트와 그 실패(세 번째 장), 마지막으로 이전 작업을 무한으로 반복하며 실패하기(네 번째 장)가 그에 해당한다. 물론 편의적 분류

불확실한 현실, 그리고 거기에서 비롯된 불확정성의 주체와 대결하는 과정에서 얻은 악몽의 이야기를 듣는 경험은 문학사적으로도 우리에게 그리 낯선 일은 아니다. 문이 열리지 않아 애를 태우면서도 내심 열리지 않기를 바라며 그 앞에 서 있던 이상의 악몽이 그랬기 때문이다. 어쩌면 이 시집 전체에서 유일하게 시인의 의도라고 지적할 수 있는 것도 바로 이상에게서 비롯한 유산을 거부하지 않고 있다는 점이다.[9] 하지만 두 번의 세계대전을 치러낸 세기를 살아가는 한편 식민지배를 직접 경험했던 이상의 악몽은 왜곡된 형상의 거울—자아를 통해 주체의 본질을 뼈가 저릴 정도로 깊이 인식하게 된 데에서 비롯되었다고 할 수 있다. 즉, 이상과 같은 예민한 작가의 반응을 통해 우리가 20세기 초에 경험한 악몽이란 공간이나 깊이 등의 측면에서 주체가 인식할 수 있는 질감의 범위를 가지고 있다는 것이다.

물론, 그것이 우리에게 자동적으로 어떤 해결의 지점으로 데려가는 것은 아니다. 그럼에도 불구하고 우리가 문학을 통해 처음 받아들인 악몽의 경우 최소한 구체적으로 맞닥뜨릴 수 있는 대결의 지점을 향하는 것이 불가능하지는

라는 것을 잊지 말자. 이 모든 힘들은 그의 작품들 안에서 일대일 대응으로 기능하지 않는다.

9 「살」과 「살 2」에서는 단순히 세대를 통해 넘겨받은 영향관계에서 머물지 않고 패러디 등의 방식을 통해 보다 적극적으로 이상을 떠올리게 만들면서 자신의 악몽에 사적인 흐름을 부여하는 한편, 자신만의 세계를 구별 짓고자 하는 의도를 숨기지 않고 있다.

않았다. 하지만 김사람은 그 유산을 고스란히 받아들이면서도 한편으로는 악몽이 이끄는 대결의 지점이 구성조차 되지 않으며, '대결' 자체를 가능하게 만들어줄 주체와 대상의 관계들조차 파편화되어 있는 과잉현실을 그대로 자신의 시 안에 재현한다.

시인이 시집 전체를 관통하는 일종의 초끈(super-string) 역할을 기대하면서 배치해둔 '살' 연작에서 그 모습을 좀 더 확인할 수 있다.[10] 그 첫 번째 작품인 「살」을 보자. 가령, 분열되거나 왜곡된 주체를 인식하게 된 계기이자 시인이 가진 유일한 상속품인 '거울'로 시인은 아예 "관"을 만들어낸다. "거울로 만든 관"은 결국 주체와 대상, 그리고 다시 대상으로 인해 분열된 주체 모두의 죽음이면서 그 누구의 죽음도 아닌—그래서 다시 오로지 '악몽' 그 자체일 수밖에 없

---

10 「살」은 네 장으로 이루어진 이 시집의 각 장에 등장한다. 세 번째 장은 24개의 장면을 가진 한 편의 시(「로버트와 미스터 로버트의 생을 추억함」)로만 구성되어 있는데, 그 중 6번째 장면인 '살에 관하여'가 다른 장의 작품들과 대응하는 것으로 보인다. 시인이 말하고 있는 '살'은 먼저 '피부'의 의미로 다가오지만, 실제 작품을 통해 넘겨받는 것은 죽음과 관련된 이미지들이다. 그렇다면 제목을 통해 그 죽음의 이미지들을 강조하고자 하는 차원에서 '살'은 '살다'의 어간으로 여겨진다. 이는 구로사와 아키라黑澤明의 1952년 작 『生きる』(살다)를 단박에 떠오르게 만든다. 삶과 죽음의 경계에 서 있는 주인공이 살고자 노력해보지만 결국 그것조차 죽음으로 끝날 수밖에 없는 악몽과도 같은 세계는 김사람의 시와 닮아 있기 때문이다. 더불어, 어간만 사용했을 때 오히려 의미가 드러나지 않는 우리말의 특성 상 어간으로서의 '살-'은 영화 제목을 그대로 차용한 듯한 유사성을 보여준다.

는 의미를 갖게 된다.[11] 작품이 진행되면서 우리에게 선명하게 다가오는 것은 결국 "그림자"일 수밖에 없다. 그러나 역시 그 실체는 오리무중이다. "세상"에서는 비록 "줄거리가 없"는 '그림자'의 존재에 광분을 보이고 있지만 말이다.

주체 탐색의 성장기라고 요약할 수 있는 「살 2」에서의 고백은 바로 이 지점에서 시작한다. 이 작품에서 화자는 여자로 태어났지만 성적 구별의 결정적 표지("질")가 없고 오히려 다른 성의 표지인 남성의 생식기를 가지고 있다. 하지만, 그마저도 통상적인 남성과 달리 성기가 "엉덩이 바로 위에 달려 있"게 됨으로써 조금은 다른 삶을 살게 된다. "날 사랑한다며 다가온 여자들"과 사랑을 나누고 싶지만, 신체적인 특징 상 그가 바라는 현실적인 요구들은 모두 일종의 "상상체위"에 그칠 수밖에 없기 때문이다. 따라서 타인과의 교류를 통해 성장하는 것이 일반적인 주체의 삶이라면 이 작품 속 주인공은 처음부터 그 기회가 아예 차단된 채, '그림자'로 태어나 '그림자'의 모습 그대로를 반복하며 살아가게 된다. 실제 우리 삶에서 아무렇지 않게 반복되는 일상적 행위도 그에게는 단절된 '관' 속에서의 "늘 차가"운 느낌을 떠올리게 만드는 것에 지나지 않는다.[12] 중요한 것은, 시인이 이

---

11 죽었는데, 죽지 않았으며 그럼에도 '관' 속에서 살 수밖에 없고 그나마 '관'이 유일한 재산이기에 상속을 거부할 수도 없는 상황.
12 가령, 「살 2」의 주인공이 하는 사랑은 이런 방식이 될 수밖에 없다. "이바는 나를 예뻐했소. 꼬리를 쪼물딱거린 후 나를 엎드리게 했소. 둥근

작품에서 이상의 「날개」를 통해 우리에게 익숙한 화자의 어조와 서사구조를 적극적으로 차용하고 있다는 점이다. 그렇다면—이제껏 우리는 시인의 악몽을 따라오고 있었지만 다시 한번 강조하자면—김사람에게 관 속에서 반복되는 악몽과도 같은 '그림자'로서의 삶은 벗어나야 할 상태가 아니라 이미 각성 이후의 순간이라는 알리바이가 되어준다.[13]

그렇다면, 거침없어진 김사람 시인의 꿈꾸기가 '시창작'이라는 자신의 의식을 향하는 것도 자연스런 일처럼 받아

머리띠를 던지며 놀았소. 머리띠가 정확히 걸릴 때면 다가와 왕자 인형에게 하듯 입을 맞추고 팬티를 거꾸로 입혀주었소. 배에 닿는 바닥은 늘 차가웠소."

사랑의 방식이 이처럼 실제 상대의 반응과 무관하게 오해와 오해로 이루어지고 그 끝에 남게 되는 것이라고는 외로움의 확인 뿐이라면, 굳이 덧붙이지 않아도 모두들 알고 있겠지만, 우리가 상상할 수 있는 최대한의 악몽이 분명하다.

13 악몽에서 깨어나도 다시 악몽의 세계라는 김사람의 특징적 세계는 이렇게 만들어지고 있다. 그것은 언뜻 데미안 허스트Damien Hirst를 중심으로 한 영국의 젊은 예술가 집단(yBa)이 죽음을 다루는 방식을 떠올리게 만든다. 몇몇 대학생들을 이끌고 자신이 기획한 전시 'Freeze'(1988)를 통해 일약 스타로 떠오르게 된 데미안 허스트는 1991년 열린 첫 개인전을 통해 비난과 환호를 동시에 받았다. 악몽에서 악몽까지의 범위 안에 모든 것을 겹쳐두고자 하는 김사람의 방식은, 최소한의 가공으로 '죽음' 그 자체를 전시물—이자 예술품으로 만들어냄으로써 최대한의 (충격적) 효과를 이끌어 낸 허스트의 인식을 닮아 있다. 우연의 일치인지도 모르겠지만, 「살 2」에서 '그림자—주체'를 안아주는 유일한 존재로 등장하는 여인 '이바'라는 이름도 이와 관련이 있는 것으로 여겨진다. '이바'는 「부메랑」에서 자신의 의도와 어긋난 채 돌아오는 결과를 바라보면서도 지속적인 행위를 하는 주체의 이름으로 등장하기도 한다. 이 역시 yBa라고 불리는 예술가들의 행위와 닮아 있다.

들일 수 있게 된다. 「살 4」에서 "단어를 가지고 놀며/ 내용을 조작하는데 몰두"하고 있는 모습에서 느낄 수 있는 것처럼 말이다. 그는 이를 통해 자신이 지금 보여주고 있는 우리 눈앞의 작품들은 물론이고 시 장르를 통해 우리가 보편적으로 기대하는 것, 또한 그 둘의 접점을 바라보고자 노력할 수밖에 없는 운명을 가진 이 글 모두를 또 한 겹의 악몽으로 초대한다. 시인조차 두려워하는 시, 그리고 해석하는 자들을 반드시 죽게 만드는 시가 존재하는 '진짜 악몽'의 세계로 말이다.[14]

---

14 이 글은 여기서 끝난다. 하지만 김사람 시인이 보여주는 악몽은 끝나지 않을 것이다. 나는 시인을 깨워 지속적으로 꾸고 있는 악몽을 멈춰 세우고 분석을 통해 그 꿈들을 전달해보고자 했다. 하지만, 그때마다 알게 된 것은 이 시도가 전혀 불가능하다는 사실이었다. 할 수 없이 그의 악몽을 최대한 닮아보고자 이미 완성된 글을 여러 차례 지우고 처음부터 다시 써야 했다. 그러면서 이 글 역시 그의 악몽과 뒤섞이고 뒤섞여 같은 자리에 존재하기만을 바라게 되었다. 그 때문인지 원래 해설이 맡아야 했던 최소한의 기능들은 각주로 미뤄둘 수밖에 없었다. 부디 작품들을 통해서 시인의 악몽을 직접 경험해보기를 바란다.